KB043914

버퍼
Buffer

이영균 장편 소설

FUSION FANTASTIC STORY

버퍼 1

이영균 장편 소설

초판 1쇄 찍은 날 § 2013년 5월 28일
초판 1쇄 펴낸 날 § 2013년 6월 3일

지은이 § 이영균
펴낸이 § 서경석

편집부장 § 권태완
편집책임 § 어정원
디자인 § 이승주

펴낸곳 § 도서출판 청어람
등록번호 § 제1081-1-89호
등록일자 § 1999. 5. 31
어람번호 § 제1-1610호

주소 § 경기도 부천시 원미구 심곡2동 163-2 서경B/D 3F (우) 420-822
전화 § 032-656-4452 팩스 § 032-656-4453
http://www.chungeoram.com
E-mail § chungeorambook@daum.net

ISBN 978-89-251-3310-2 04810
ISBN 978-89-251-3309-6 (세트)

버퍼
Buffer

1

이영균 장편 소설

FUSION FANTASTIC STORY

도서출판 청어람

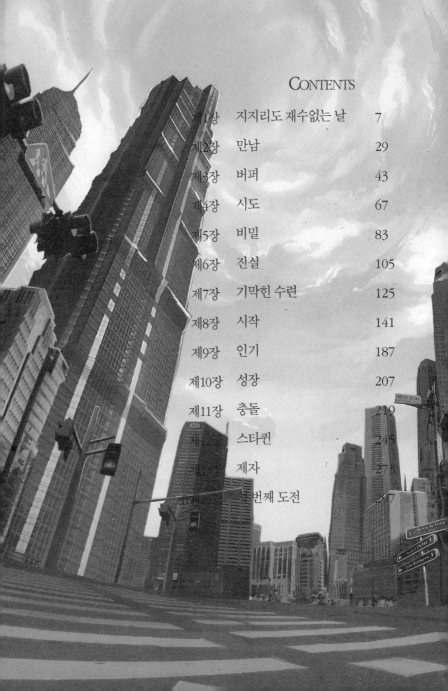

CONTENTS

Chapter 01
지지리도 재수없는 날

"헤어져!"

세은의 하이소프라노 목소리가 프로방스 풍 가구들로 아름답게 꾸며진 카페에 청명하게 울려 퍼졌다.

연인과 혹은 친구와 대화를 나누던 손님들의 시선이 헤어짐을 선언당한 당사자인 송염에게 집중되었다.

송염은 보지 않아도 그들의 보내는 시선의 의미를 알 수 있었다.

연예인처럼 화려한 외모를 가진 세은과 하루에 100명도 더 길에서 마주칠 것 같이 지극히 평범한 외모를 가진 송염의 조합은 확실히 어울리지 않았다.

무던한 성격답게 손님들의 시선을 깨끗하게 무시한 송염은 그럼에도 불구하고 내심 한숨을 쉬었다.

'또냐?' 라는 생각도 들었다.

어쩌면 처음부터 어울리지 않는 조합이었다.

송염은 남중 남고를 나와 공대를 졸업한 속칭 공돌이였다. 그런 남자가 2년 전 친구로부터 눈부시게 아름다운 여성, 세은을 소개받았다.

당연하지만서도 송염은 세은에게 최선을 다했다.

하지만 겪어볼수록 세은은 아름다운 외모에 비해 빈약한 정신을 가진 여자였다.

세은은 외모만큼이나 자기애가 강했고 조금이라도 자신의 마음에 들지 않는 일과 상황을 견디지 못했다.

성장하면서 이런저런 여자를 만나며 면역이 된 남자들은 이런 성격의 여자를 만나면 뒤로 물러나지만 송염은 그런 면역력이 전혀 없었다.

어쩌면 그래서 두 사람이 2년이란 시간을 만났을 수도 있었다.

세은은 자신의 말에 복종하는 남자가 필요했고 송염은 그저 여자가 필요했기 때문이었다.

세은이 다시 반복해 말했다.

"헤어져."

"……."

그녀의 헤어지자는 선언은 달마다 반복되는 여성의 그것처럼 질리도록 반복되는 행사다.

송염은 식어 미적지근해 진 아메리카노 커피를 홀짝이며 딴청을 부렸다.

세은은 그런 모습마저 마음에 들지 않은 모양이다.

"그렇게 홀짝이지 말랬지? 다방 커피 마시는 것도 아니고……. 창피해서……."

"……."

이런 상황에서는 어떤 반론도 필요없다. 그저 그녀 스스로 화가 풀릴 때까지 납작 엎드리는 방법뿐이다.

세은의 목소리는 점점 커졌고 그에 비례해 송염은 점점 더 움츠러들었다.

결국 제풀에 지친 세은이 어쩔 수 없다는 듯 말했다.

"아~ 답답해. 뭐라고 말 좀 해봐."

그제야 송염은 커피 잔을 내려놓고 말했다.

"내가 잘못했어. 미안해."

"뭘 잘못했는데?"

"그야……. 네가 시키는 대로 밝은색 옷을 안 입은 일…….

또, 또…… . 뭐가 있을까?"

송염의 대답을 들은 세은이 숨도 쉬지 않고 쏘아붙였다.

"넌 내가 왜 화가 났는지 정말로 모르는구나."

궁극의 필살기가 터졌다.

어느 정도 화가 풀렸을 줄 알았더니 전혀 그렇지 않았다.

송염은 반사적으로 대답했다.

"정말 모르겠어. 말해줘야 알지. 말해주면 고칠게."

"그걸 꼭 내 입으로 말해야 해?"

필살기 2단 콤보다.

답답해서 속이 무너질 것 같았다.

내가 왜 화가 났는지 몰라?

모르겠어서 모르겠다고 말하면 문제가 더 심각해진다.

그래서 안다고 말하면 뭘 잘못했는지 말해보라 한다.

겨우 한 가지 일을 생각해서 대답하면 알면서 그 모양이냐고 비난한다.

정말 모르겠다고 말하면 알지도 못하면서 거짓말했다고 또 비난당한다.

이 상황이 어떤 식으로 흘러갈지 뻔히 알지만 그래도 달리 방법이 없다.

송염은 뻔히 보이는 답없는 구렁텅이에 스스로 몸을 던졌다.

"미안, 미안. 앞으로 잘할게. 화 풀어라."

"훙, 잘하긴 뭘 잘해? 지긋지긋해."

"……."

봄이 성큼 다가온 어느 주말 오후.

겨우내 입었던 무거운 외투를 벗어던지고 파스텔 톤 가벼운 옷을 입고 만난 첫 데이트.

즐거운 시간을 보내려는 송염의 계획은 세은만이 아는 어떤 이유 때문에 지옥으로 변하고 있었다.

송염은 세은의 말을 귓등으로 막고 카페를 살피기 시작했다.

카페의 통 유리창을 뚫고 들어오는 햇살. 그 햇살에 비쳐 반짝이는 먼지……. 그 먼지를 뚫고 하얗게 피어오르는 담배 연기…….

연기 속으로 살짝 살짝 보이는 노란 꽃이 흐드러지게 피어 있는 어느 장소를 그린 풍경화.

흔히 보는 카페지만 오늘만큼은 이상하게 몽환적이고 신비로웠다.

갑자기 만사가 귀찮아졌다.

이런저런 일들이 하찮게 느껴졌다.

그 감각은 권태로움과 닮아 있었다.

"그래서 내 말은……."

"……."

세은의 목소리가 환청처럼 혹은 메아리처럼 저 멀리서 아스라이 들려왔다.

"그러니까……. 넌……."

"……??!!"

즐기고 있던 눈부신 햇살에 그늘이 만들어졌다.

그늘은 카페 통 유리창 밖에 서 있는 한 남자가 만들어내고 있었다.

남자는 예순 살쯤 되어 보이는 허름한 트렌치코트를 입은 반백의 노신사였다.

손날을 이마에 대고 그늘을 만들어 카페 안을 들여다보는 노신사와 송엽의 시선이 마주쳤다.

"……."

설명하기 힘든 노신사의 표정은 송엽의 마음을 단숨에 끌어당겼다. 송엽은 자석에 끌리듯 노신사와 시선을 맞췄다.

노신사는 송엽을 가리키며 뭐라고 말하고 있었다.

'응? 뭐하는 거지?'

말은 들리지 않았지만 송엽은 독순술이라도 배운 것처럼 노신사의 말을 이해할 수 있었다.

'……??!! …정말? 그래도 되나?'

노신사 뒤로 스쳐 지나가는 연인들의 행복한 표정 때문이었을까.

아니면 한없이 나른한 주말 오후의 눈부신 햇살 때문이었을까.

송염은 흡사 마법에 걸리기라도 한 것처럼, 또 너무나 자연스럽게 노신사의 입술을 따라서 말했다.

"그래, 헤어지자."

"너는 말이야……. …뭐라고? 뭐라고 했어?"

"헤어지자고……."

세은의 아름다운 얼굴이 구겨졌다.

그녀는 짐짓 송염을 외면하더니 애꿎은 웨이터에게 소리를 질렀다.

"여기 안티포즈 한 병 가져다 줘요!"

잠시 둘 사이에 무거운 침묵이 흘렀다.

손님들도 뜻밖의 반항을 한 송염의 행동에 놀랐는지 몸을 틀며 두 사람의 대화를 노골적으로 엿듣기 시작했다.

침묵은 웨이터가 내려놓은 투명한 물이 들어 있는 유리병과 얼음이 들어 있는 유리잔으로 인해 깨졌다.

세은은 유리병에 들어 있는 물을 유리잔에 부었다.

그녀는 유리잔을 들어 입에 가져가다가 마시지 않고 다시 내려놓았다.

아마도 얼음물을 마시는 행동이 자신의 자존심을 무너뜨

린다고 생각한 모양이었다.

세은이 물었다.

"진심이야?"

송염은 세은의 얼굴을 바라보았다.

언제나 아름다운 얼굴, 조각 같은 외모, 그에 걸맞은 자존감.

왜 자신과 같이 평범한 남자와 사귀는지 모를 만큼 완벽한 여자다.

미안하다고 말하는 것이 옳다 싶었다.

그때 탁자에 놓인 생수 유리병이 눈에 들어왔다.

마치 링거 병처럼 생긴 유리병에는 따르고 남은 물이 절반쯤 들어 있었다.

송염은 자신도 모르게 메뉴판을 집어 들었다. 메뉴판에 적힌 안티포즈의 가격은 10,000원. 물 한 병에 10,000원이란 이야기다.

가슴속에서 주먹만 한 불덩어리가 치밀어 올랐다.

송염은 퉁명스럽게 말했다.

"헤어지자며."

"……."

더 이상 못 참겠는지 세은이 얼음물을 단숨에 들이켰다.

꼬박 2년이다.

세은과 사귀고 나서 처음으로 한 방 먹였다. 속이 후련했다.

길고 길었던 장마가 끝나고 청명한 햇살이 구름을 뚫고 내리비추는…….

그래서 느끼는 상쾌함이 느껴졌다.

하지만 그러면서도 내심 불안했다.

'긴장을 늦춰서는 안 돼.'

세은은 절대 만만한 여자가 아니다. 그녀는 전신에 장미의 가시를 갑옷처럼 두른 여자였다.

불안감은 곧장 현실로 나타났다.

찬물로 숨을 돌린 세은이 핸드폰을 꺼내들고 전화를 걸었다.

"오빠, 어디야? 술 한 잔 사줘. 그리고 오늘 나 집에 안 들어갈 거야."

"……"

세은은 여유로운 표정으로 유리병에 든 생수의 나머지를 잔에 따랐다.

그녀는 우아하게 일어나더니 잔에 담긴 생수를 얼음과 함께 송염의 얼굴에 뿌렸다.

"……!!"

졸지에 물벼락을 맞은 송염은 어떻게 반응해야 할지 몰라

당황할 때 '흥' 하는 콧소리만 남기고 세은이 사라졌다.

KO패 당한 자신을 바라보는 손님들의 연민 어린 시선이 따갑게 느껴졌다.

그렇지만 정작 송엽의 마음은 후련했다.

아마도 이런 감정은 얼굴에 뒤집어 쓴 얼음물의 차가움 때문일 수도, 카페 한쪽 벽 전체의 통유리 창문을 통해 쏟아지는 따사로운 봄 햇살 때문일 수도 있었다.

이후 세은이 마신 외우기도 힘든 긴 이름의 커피와 디저트와 만 원짜리 물값이 고스란히 송엽의 몫으로 남았다.

그럴 줄 알았다는 표정으로 웃음을 참는 종업원에게 계산을 마친 송엽은 약간은 멍한 상태로 카페를 나왔다.

"뭐, 상관없겠지."

2년의 시간을 함께했지만 세은은 조금도 변하지 않았고 변하려고도 하지 않았다.

그녀는 자신의 외모처럼 우아하고 화려하고 럭셔리한 삶을 원했고 송엽은 4,000원을 넘게 주고 아메리카노 커피를 사 먹는 행위를 죽어도 이해 못하는 남자였다.

"처음부터 어울리지도 않았어."

스스로를 다독거려 보았지만 강한 보디블로를 맞은 복서가 한참 후 다리가 풀려 비틀거리는 것처럼 천천히 데미지가 올라왔다.

데미지를 느낀 순간 갑자기 배가 고파졌다.

*   *   *

길 건너편으로 여름임을 알리는 아주 적은 양의 천만을 사용해 만든 하늘거리는 옷을 파는 여성복 매장이 눈에 들어왔다.

그리고 그 옆으로 파란색과 하얀색을 주로 사용해 에게해의 어느 식당을 떠올리게 만드는 레스토랑이 보였고, 그 둘 사이로 좁은 골목이 보였다.

"……."

송염은 그 골목 끝에서 낡은 간판 하나를 보았다.

몽춘순댓국

오래된 대폿집의 그것처럼 붉은색 글씨로 촌스럽게 적힌 간판이었다.

인사동 가로수길의 화려한 카페와 레스토랑들 사이로 전혀 어울리지 않는 오래된 그 순댓국집의 존재는 어울리지 않은 옷을 입고 어울리지 않은 자세로 이 거리에 서 있는 송염과 닮아 있었다.

'세은이는 절대로 안 먹었겠지?'

어차피 어둠이 빛을 몰아내려면 아직 시간이 많이 남아 있
고 집에 가야 반겨줄 사람도 없다.

송염은 먼저 배를 채운 후 친구에게 전화를 걸어 술이나 한
잔해야겠다고 생각하며 도로를 건너기 시작했다.

―아마도 그 때문이었을 것이다.

길 건너 인도에 조금 전, 카페 창문 밖에서 보았던 노신사
가 서 있었다.

노신사는 무표정한 표정으로 왼손을 들어 올리더니 손가
락 끝으로 송염을 가리켰다.

그리고……

번쩍!

사과만 한 크기의 하얀색 빛이 남자의 손에서 빛났다.

끼이이이익!

귀청을 찢는 타이어 소리.

누군가 무단횡단을 했고 그 사람을 발견한 자동차가 급하
게 브레이크를 밟은 듯했다.

동시에 거대하고 둥근 헤드라이트가 네 개나 달려 있는 연

하늘색 자동차가 송염의 시야를 가득 채우며 달려들었다.

평소 차에 관심이 많은 송염은 무심결에 그 자동차가 벤틀리라는 사실을 알아차렸다. 그리고 무단횡단을 한 사람이 자신임을 깨달았다.

현실감이 사라졌다.

이미 자동차를 피할 시간도, 의지도, 능력도 없었다.

꽝!

무릎에 벤틀리의 둥근 범퍼가 부딪쳤다.

"......"

동시에 다리가 들리고 허리가 굽혀지면서 머리가 벤틀리의 유리창에 강하게 부딪쳤다.

꽈직!

벤틀리의 유리창이 부서지는 소리였다.

도로변에 주차되어 있는 자동차와 인도에 서 있는 사람들 그리고 푸른 잎으로 갈아입은 가로수와 검은 아스팔트 바닥, 다시 또 다른 사람들, 눈부시게 파란 하늘이 송염의 시야를 어지럽혔다.

'슬로비디오 같아.'

송염은 공중에서 두세 바퀴를 돈 후 머리부터 아스팔트 도로에 떨어졌다.

쿵!

"......"

전혀 아프지 않았다.

사람이 극한 상황에 빠지면 모든 사고와 감각이 마비된다는 이야기를 들은 적이 있다. 지금 자신이 그런 상태인 것 같았다.

사람들이 송염 주변으로 몰려들었다.

그들은 일정한 간격을 두고 송염을 쓸어보듯 관찰했다.

"......"

사람들의 모습이 빛바랜 단체사진 속의 인물처럼 흐릿하게 보였다.

송염은 그 사진 속에서 익히 알고 있는 얼굴을 발견했다.

세은이었다.

송염과 시선이 마주치자 세은이 고개를 돌렸다. 그녀의 얼굴에는 표정이 없었다. 감정도 보이지 않았다. 그저 무생명의 어떤 사물을 보는듯한 무심함만이 존재했다.

돌린 고개를 따라 세은의 몸도 돌았다. 그리고 세은은 사람들 사이로 사라져 갔다.

그 모습을 보자 얼굴이 화끈거렸다.

절대 아파서가 아니었다. 그것은 부끄러움이었다.

창피해 쥐구멍이라도 숨고 싶었다.

'그런데 안 아파?'

정말로 아프지 않았다. 살짝 목을 돌려봐도, 팔을 움직여도, 다리를 들어 올려도 몸에는 아무 이상도 없었다.

아프기는커녕 쑤시지도, 어디 한 군데 쓰라리지도 않았다.

최소한 5미터는 날아 아스팔트에 처박혔는데 상처가 없다니 기적이었다.

'천운이야.'

송엽은 몸을 일으켰다. 몸이 휘청거렸다.

몸은 아프지 않았지만 정신까지 그러지는 못한 모양이었다.

겨우 중심을 잡은 송엽은 정신을 차리기 위해 고개를 흔들었다. 약간이나마 효과가 있었다.

정신을 다잡은 송엽은 툭툭 옷에 묻은 먼지를 털어냈다.

벤틀리 운전석 문이 열리고 이십대 초반으로 보이는 청년이 내렸다.

꽤나 선한 인상의 청년은 이리저리 몸을 움직여 보는 송엽을 만류했다.

"일어나지 마세요."

"전 괜찮습니다."

"몸이 놀라서 그래요. 잠시 앉아 있어요. 119를 부를게요."

"정말 괜찮습니다. 보세요."

송엽은 앉았다 일어났다를 반복했다.

청년은 그런 송염과 벤틀리를 번갈아 바라보며 어이없다는 표정을 지었다.

"그러시다면야…… . 하지만 안 아플 리가 없는데…… ."

그제야 송염의 시야에 벤틀리가 들어왔다.

벤틀리는 바위에라도 부딪친 것처럼 범퍼와 보닛이 움푹 패여 있었고 전면 유리창도 하얗게 금이 가 있었다.

압권은 보닛 사이로 뿜어져 나오는 하얀 수증기였다. 아마도 충격에 의해 라디에이터가 터진 모양이었다.

'벤틀리가 명차라고 하더니 순 거짓말이었어. 티코도 사람을 친 정도론 저 꼴이 되진 않겠다.'

그때 한 사람이 끼어들었다.

벤틀리 조수석에서 내린 모델 뺨치는 외모를 가진 여성이었다.

여성은 송염을 위아래로 훑듯이 내려다보았다. 그녀의 눈빛은 상한 생선을 고르는 주부의 그것과 비슷했다.

여자는 송염의 옷차림에서 어떤 결론을 내린 것 같았다.

"준호 씨, 이 사람 자해 공갈단 아냐?"

"무슨 소리야. 자해공갈단이면 횡단보도에서 뛰어들지, 무단횡단을 하겠어?"

"그래도 이상하잖아. 차가 저 지경인데 사람은 멀쩡하고."

"운이 좋았나 보지. 이분이 운동을 많이 하신 걸 수도 있고."

실수가 고의에 의한 의도가 되어서는 안 된다.

누가 뭐래도 옆을 살피지 않고 도로를 무단횡단한 사람은 송염 자신이다.

송염은 자신의 책임을 회피하는 성격이 아니었다.

"전 자해공갈단이 아닙니다. 제 실수입니다. 차는 고쳐 드리겠습니다."

"아닙니다. 저도 전방주시를 못한 책임이 있습니다. 차는 보험이 있으니 제가 고치면 됩니다. 신경 쓰지 마세요. 그런데 정말로 병원에 안 가보셔도 되겠습니까?"

청년은 어디까지나 정중했다.

그러나 청년의 여자 친구는 그렇지 않았다.

"오빠, 무슨 소리야. 저 남자가 무조건 잘못했는데 왜 오빠가 고쳐? 당연히 저 사람이 고쳐 줘야지."

"조용히 해. 말이 심하잖아. 일단 사람이 다쳤는데……."

"보니 별로 안 다쳤네 뭐……."

"그래도!"

"하여튼 사람이 물러서……. 난, 몰라. 알아서 해."

남자 친구가 편을 안 들어주자 토라진 여성은 다시 차로 들어가 버렸다.

"미안합니다. 워낙에 천방지축인 애라서⋯⋯."

"아닙니다."

대답은 했지만 기분이 나빠졌다.

'벤틀리 타는 걸 보니 돈도 많은 듯하고, 키도 크고, 잘생겼고, 성격까지 좋아. 하~'

모든 것을 다 가진 남자에 대한 질투가 송염의 이성을 살짝 마비시켰다.

흔히 말하는 남자의 자존심이 발동한 것이다. 그래서 결코 해서는 안 되는 말을 내뱉고 말았다.

"차량 수리비는 제가 내겠습니다."

"아까도 말씀드렸지만 신경 쓰지 마세요. 보험처리하면 됩니다."

"아닙니다. 그럴 수야 없죠. 수리하시고 연락주세요. 입금해 드리겠습니다."

송염은 한사코 마다하는 청년에게 자신의 전화번호를 알려주었다.

잠시 망설이던 청년도 자신의 전화번호를 송염에게 알려주며 당부했다.

"나중에 아플 수도 있습니다. 그땐 꼭 연락주세요."

끝까지 착한 청년의 이름은 이현빈이었다.

영화배우 같은 이름을 가진 이현빈이 자리를 떠나자 송염은 당초의 목적지였던 순댓국집으로 향했다.

큰일을 겪어서인지 아니면 몸이 놀라서인지 배가 참을 수 없을 만큼 고팠다.

Chapter 02
만남

오래된 순댓국집과 세트인 것처럼 손님 없는 가게를 지키던 주인아주머니가 송염을 반갑게 맞아주었다.

"어서오슈. 뭘로 드릴까?"

"순댓국 한 그릇 주세요."

"조금만 기다리슈. 금방 맛있게 해줄게."

주인아주머니의 말처럼 순댓국은 정말 맛있었다.

송염은 뜨거운 국물과 단 밥과 고소한 순대를 퍼 넣듯 입에 밀어 넣었다.

'이렇게 맛있는데 왜 손님이 없지?

그때 송염의 생각을 부정하는 것처럼 순댓국집 문이 열리고 한 남자가 들어왔다.

남자는 연거푸 들어온 손님이 반가워서 엉덩이를 떼는 주인아주머니에게 살짝 고개를 숙인 후 텅 비어 있는 다른 좌석을 마다하고 송염 앞에 털썩 앉았다.

"……"

"……"

잠시 송염과 남자의 시선이 교차했다. 낡은 트렌치코트를 입은 반백의 노신사.

낯이 익었다.

송염은 이내 노신사를 어디서 봤는지 떠올릴 수 있었다. 노신사는 카페에서 그리고 교통사고가 나기 직전 봤던 사람이다.

아주머니는 남자가 송염의 일행이라고 생각했는지 별 말 없이 주문을 받았다.

"같이 순댓국 드릴까?"

"고기 빼고 순대만! 파 많이."

주문을 마친 노신사가 송염을 보며 미소 지었다.

"당신은?"

"날 알아보겠는가?"

"카페에서……. 그리고 도로에서……. 그 빛!"

"알아봤다니 다행이군."

노신사는 송엽이 자신을 알아본 사실이 기꺼웠는지 만족스럽게 고개를 끄덕였다.

하지만 정작 송엽은 노신사가 말하는 다행이란 단어의 의미를 전혀 이해할 수 없었다.

이상은 했지만 송엽은 노인을 공경하라 배운 대한민국의 건강한 보통 청년이다.

그래서 어디까지나 정중하게 노신사에게 이유를 물었다.

"저에게 무슨 볼일이라도 있으십니까?"

"내 수고에 대한 대가를 받으러 왔지."

"……"

뚱딴지도 유분수다.

갑자기 대가라니……. 그리고 수고는 또 뭔가?

"무슨 말씀이신지 이해가 되질 않는군요."

노신사는 송엽의 말을 깨끗이 무시하고 오히려 질문을 던졌다.

"자네는 오늘 일어난 일에 대해 어떻게 생각하는가?"

"뭘 어떻게 생각하냐는 말씀이십니까?"

"자동차에 들이받히고도 아무런 상처도 없었잖나. 보통이라면 최소한 몇 군데는 부러졌을 텐데……. 안 그런가?"

듣고 보니 그랬다.

범퍼가 움푹 파일 만큼 심하게 부딪친 무릎도 전혀 아프지 않았고 벤틀리의 전면 유리창을 박살 낸 머리도 멀쩡했다.

천운이라고 여기기에는 분명 이상한 일이다. 그렇지만 세상에는 더 이상하고 설명하기 힘든 일이 셀 수 없이 많다. 비행기에서 떨어지고도 상처 하나 없이 살아남은 사람도 있고 로또 당첨보다 확률이 희박하다는 번개를 네 번이나 맞고도 멀쩡한 사람도 있다.

그래서 굳이 자신이 다치지 않은 이유를 대라면 송염이 할 수 있는 대답은 한 가지뿐이었다.

"운이 좋았죠."

송염의 대답을 들은 노신사의 얼굴이 구겨졌다. 그는 당장에라도 울 것 같은 표정으로 말했다.

"운이라고? 벤틀리에 부딪쳐서 5미터를 날아가 내동댕이쳐져 놓고선 긁힌 상처 하나 없이 일어나는 일이 운만으로 가능하리라 생각하나?"

"물론 이상하긴 하지만 세상에는 이상한 일이 참 많으니까요. 어느 나라에서는 로또 당첨번호가 2주 연속 같은 번호였다지 않습니까."

송염의 대꾸를 들은 노신사가 힘이 빠졌는지 몸을 뒤로 젖혀 의자 등받이에 몸을 기댔다. 실망하는 기색이 역력했다.

그때 주인아주머니가 쟁반에 순댓국을 내왔다.

"순댓국 나왔수, 고기 없이. 순대만 넣고 파 많이!"

"소주도 한 병 가져다 주슈."

노신사는 순댓국에 다대기와 새우젓을 풀어놓고 한입 크게 떠 입에 넣고 아주머니가 가져온 소주를 잔에 따라 단숨에 털어 넣었다.

"캬~ 좋다. 이 집 맛있네. 자네도 한잔하지."

노신사가 송염의 대답도 듣지 않고 잔을 채워 내밀었다.

헤어진 연인.

이해하기 힘든 사건.

천운.

처음 보는 노신사.

그리고 그가 내민 소주잔.

'안 될 일 있겠어? 여자 친구에게 차이고 차에 받힌 참인데……'

송염은 노신사가 내민 잔을 받아 단숨에 입에 털어 넣었다.

불같은 납덩어리가 식도를 타고 넘어가 위장까지 뜨겁게 만드는 느낌이었다. 낮술 먹고 취하면 애비어미도 못 알아본다지만 무슨 상관이랴 싶었다.

잔을 비운 송염은 노신사의 잔을 채웠다.

"어르신도 한 잔 드시지요."

"……"

노신사도 말없이 잔을 비우고 다시 송엽의 잔을 채워주었다. 두 사람은 말없이 순댓국을 안주삼아 소주잔을 기울였다.

그렇게 탁자 위에 빈 소주병이 한 병, 두 병 늘어났다.

순댓국 뚝배기도 얼추 비워가고 술기운도 얼큰하게 올라오자 노신사가 입을 열었다.

그는 탁자 위에 놓인 빈 소주병을 수저로 리드미컬하게 톡톡 치며 독백하듯 말했다.

"내가 자네의 목숨을 구해줬다고 말하면…… 안 믿겠지?"

"……."

"하긴 나라고 해도 안 믿을 테니까."

노신사의 표정이 너무 쓸쓸해 보여서일까? 아니면 교통사고 직전 보았던 빛이 떠올라서였을까? 그것도 아니면 교통사고를 당하고도 전혀 다치진 않은 행운에 대한 껄끄러움 때문이었을까?

어쨌든 송엽은 대답 대신 질문을 던졌다.

"그렇게 말씀하시는 이유를 여쭤 봐도 될까요?"

"사실이니까."

"사실이라고요?"

"그래, 사실이야. 증거를 보여주지."

"……."

평소의 송엽이라면 노신사를 도를 믿습니까라고 물으며

행인을 붙잡는 부류로 치부하며 자리를 떴을 상황이다.

그렇지만 송염을 그렇게 하지 않았다.

이 자리를 벗어난다 해도 딱히 송염은 기다리는 사람도 만날 사람도 없었다. 그를 기다리고 있는 것은 냉기가 점령하고 있는 좁은 원룸뿐이었다.

노신사는 오른손으로 빈 소주병의 목 부위를 집어 들고 왼손으로 송염을 가리켰다.

"잘 보게."

잘 보았다.

환상처럼 노신사의 왼손에 눈부신 광채가 깃들더니 사라졌다.

그 순간 노신사는 몸을 일으키더니 들고 있던 소주병으로 송염의 머리를 힘껏 내려쳤다.

워낙에 갑자기 일어난 일이라 피하고 자시고 할 겨를도 없이 송염은 소주병에 머리를 얻어맞았다.

꽝!

파직!

얼마나 세게 내려쳤는지 송염의 정수리를 강타한 소주병이 산산조각 났다.

"크……."

조각난 소주병의 파편이 튀어 얼굴 주변으로 흘러내렸다.

목만 남은 소주병을 든 노신사가 송염을 보며 빙그레 웃고 있었다.

웃음의 의미는 간단했다.

노신사는 '봤지? 네가 자동차에 부딪치고도 안 다친 건 모두 내 덕이야' 라고 말하고 있었다.

송염은 무의식적으로 머리를 만졌다. 아프지 않았다. 혹도 없었다. 애초에 소주병에 머리를 맞은 적이 없는 것 같았다.

믿기 힘든 경험에 송염은 할 말을 잃어버렸다.

침묵을 깬 이는 한 테이블뿐인 손님의 추가주문을 애타게 기다리고 있던 주인 아주머니였다.

그녀는 찢어지는 목소리로 소리쳤다.

"어머, 무슨 일이래, 술을 먹으려면 곱게 처먹지, 왜 쌈박질이야, 쌈박질이!"

"죄송합니다. 실숩니다. 그건 그렇고 모듬 순대 대자로 한 접시 주시고 소주도 더 주세요."

"그래요? 뭐 그렇다면야······."

송염은 기겁하며 죽일 듯이 달려오는 주인아주머니를 가게에서 가장 비싼 모듬순대 한 접시를 시키는 것으로 물러나게 했다.

여전히 노신사는 득의만만하게 웃고 있었다.

소주병으로 머리를 얻어맞았으니 당연히 화를 내야 하지

만 그럴 수 없었다.

웃고 있는 노신사의 주름진 얼굴과 차에 치이고 아무렇지도 않았던 운 좋았던 기억이 겹치면서 한 가지 사실을 만들어 냈다.

노인은 어떤 능력을 가진 사람이었다.

"어떻게 하신 겁니까?"

"이젠 믿겠나?"

어떻게 안 믿겠는가.

"차력 같은 겁니까? 아니면 초능력?"

"아닐세. 이건 버프라고 하네."

"버프요?"

"그렇다네, 버프."

송엽은 그 단어를 알고 있었다. 버프(Buff)는 연마제를 묻혀 기계에 광을 내는 천을 의미했다. 어떻게 의역해도 사람을 다치지 않게 한다라는 의미는 생각나지 않았다.

'미국 속어로 몸짱의 의미를 가지고 있기는 하지만……'

의아해하는 송엽의 속마음을 알아차렸는지 노신사가 웃으며 말했다.

"사전적 의미는 무시하게. 그저 이 능력을 '버프'라고 부를 뿐이니까."

"그러니까 제가 다치지 않게 해주는 그 빛을 버프라고 부른다 이 말씀이십니까?"

"정확히 말하자면 버프는 대상에게 어떤 힘을 주는 능력을 말하네. 자네를 다치지 않게 해준 힘은 '스톤스킨' 이라고 부르지."

"스톤스킨……."

아마도 몸을 단단하게 만들어 주는 능력인 것 같았다.

"스톤스킨은 대상을 단단하게 만들어주네. 만일 내가 소주병에 스톤스킨 버프를 걸었다면 자네 머리는 두부처럼 부서졌겠지."

"……."

멋지다.

정말 멋지다.

"어떻게 그런 능력을……."

"…가지게 됐느냐 이 말이지?"

"그렇습니다."

"이야기가 기네."

"꼭! 듣고 싶습니다."

"술도 떨어지고……. 이제야 말하지만 난 순대는 질색일세."

순대만! 가득했던 순댓국 한 그릇을 말끔히 비우고 모둠순대 대자 한 접시마저 거의 비운 주제에 할 말이 아니다.

하지만 송염은 애써 그런 생각을 무시했다.

지금 중요한 것은 노신사가 어떻게 이런 능력을 가지게 되었느냐를 알아내는 일이다.

인간은 누구나 특별한 사람이 됐으면 하는 상상하곤 한다.

그런 특별함에는 어떤 제약도 없다.

어떤 사람은 자신이 빌 게이츠를 뛰어넘는 부자이길 원하기도 하고 또 어떤 사람은 자신이 아인슈타인을 능가하는 천재였으면 하기도 한다.

혹은 영화배우를 능가하는 아름다운 외모를 가졌으면 하는 소망을 가지는 사람도 있다.

어린아이들의 꿈은 어른보다 더 환상적이다.

하늘을 날고 순간이동을 하며 물체에 손을 대지 않고 움직이는 염동력을 가진 초능력자가 아이들이 꾸는 상상 속의 자신의 모습이다.

송염은 오늘이 즐거워졌다. 세은도 교통사고도 이미 머릿속에서 사라졌다. 그것들은 오늘의 메인이벤트를 축하하기 위해 준비된 작은 쇼에 불과했다.

송염의 기억은 엄마로부터 시작됐다. 그의 기억 속에는 아버지의 얼굴은 없었다.

아버지만 빼면 평범한 삶이었다. 무료한 삶이기도 했다.

평범한 중, 고등학교를 평범한 성적으로 졸업하고 남들이

지잡대라고 부르는 대학에 들어가 역시 평범한 성적으로 졸업했다.

그리곤 취업해 아침에 일어나 회사에 출근해 하루 종일 일하고 퇴근해 집에 돌아와 씻고 먹고 잔다.

'처음이다.'

평범한 일상에 균열이 생겼다.

균열, 일탈이란 단어가 이렇게 듣기 좋았던 적이 있을까 싶었다.

송염은 어느새 초능력을 꿈꾸는 초등학생으로 돌아가 있었다.

노신사는 아이의 상상을 현실로 보여주었다.

관심이 없으면 거짓말이다. 어쩌면 노신사를 통해 그 능력을 자신도 얻을 수 있지 않을까 하는 바람도 있다.

"그럼 나가자고."

"네? 네……."

노신사는 당연하다는 듯 그냥 가게를 나가 버렸고 계산은 당연히 송염의 몫으로 남았다.

Chapter 03

버퍼

서둘러 계산을 하고 나와 보니 어느새 거리에는 어둠이 짙
게 드리워져 있었다.

　노신사는 송염을 데리고 가로수 길 끝을 향해 천천히 걸었
다.

　"이곳이 좋겠네."

　"……."

　노신사가 선택한 가게는 어울리지 않게도 스팅이란 이름
을 가진 작은 바(Bar)였다.

　송염이 멈칫거리자 노신사가 말했다.

"왜 나와 어울리지 않는다고 생각하는가?"

"아……. 아닙니다."

스팅은 여성 바텐더가 지키고 있는 중앙의 원형 바를 중심으로 바 뒤에는 각종 술병이 진열되어 있고, 바 앞쪽으로는 테이블 몇 개가 배치된 전형적인 소규모 바였다.

놀랍게도 노신사는 능숙하게 주문을 했다.

"먼저 시원하게 모스크 뮬 한 잔. 자네는 뭐로 마실 텐가?"

송염이 아는 칵테일이라고는 007이 마셨다는 마티니뿐이다.

"마티니로 주십시오."

바텐더가 미소를 지으며 물었다.

"젓지 않고 흔들어서요?"

"아무렇게나요."

어색한 주문을 마치고 칵테일이 나오자 노인은 드디어 송염이 기다리고 있던 이야기를 시작했다.

"25년 전, 대기업의 상사원이었던 난 성공하고 싶다는 열망에 사로잡혀 있었다네. 하지만 평사원이었던 나에게 그런 기회는 쉽게 찾아오지 않았지. 전 그날이 오기 전까지는 말이야."

"그날이라니요?"

"소련과 한국이 수교를 한 날 말일세. 북방외교로 새로운 시장이 열리자 내가 다니던 회사에서는 소련에 파견할 주재원을 선발했지. 하지만 선뜻 나서는 사람이 없었다네. 당시 소련은 우리나라와 수교한 다음 해, 그러니까 1990년 한소 수교 이듬해에 해체되었거든. 당연히 소련은 엄청난 혼란에 빠져들었고 그런 혼란 속으로 들어가는 일은 큰 위험을 감수해야만 했지. 하지만 난 그것을 오히려 좋은 기회라고 생각했어. 그래서 자원해서 러시아로 날아갔지. 난 정말 열심히 일했어."

"……."

"그러던 어느 날 난 바이어를 만나기 위해 상트페테르부르크, 그러니까 당시 레닌그라드로 출장을 가게 되었지. 그때 바이어에게 한 가지 솔깃한 이야기를 들을 수 있었어."

"솔깃한 이야기라니요?"

"갓 소련으로부터 독립한 에스토니아의 수도 탈린에 있는 한 약국에 대한 이야기였네."

"……."

"탈린은 후에 도시 전체가 유네스코 세계유산으로 선정될 만큼 유럽에서도 중세의 모습이 가장 완벽하게 남아 있는 도시라네. 바이어 말로는 난 시간을 내 탈린으로 달려갔어. 그 약국을 찾아서 말일세."

"약… 국을 말입니까?"

여기까지 이야기를 듣고 나자 왠지 예감이 좋지 않았다.

"설마……."

"뭐가 설마인가?"

"아……. 아닙니다. 계속하십시오."

이어진 노신사의 이야기는 정확히 송염의 예상대로였다.

"보통 약국이 아닐세. 자그마치 600년 된 유럽에서 가장 오래된 약국일세."

"어디 편찮으신 곳이라도 있었나요?"

"아팠지. 정말 많이 아팠다네……."

노신사는 그때의 아픔을 회상하는 듯 잠시 눈을 감았다 다시 이야기를 시작했다.

"라에아프티크(RAEAPTEEK)란 이름을 가진 그 약국은 중세의 비전으로 만들어진 온갖 종류의 약들을 팔고 있었다네. 내가 찾는 약은 그중에서 실연의 아픔을 지워주는 비약이었지."

더 이상 참을 수 없었다.

실연의 아픔을 지워주는 비약이라니…….

호랑이 풀 뜯어 먹는 소리도 유분수다.

송염의 표정이 변하자 노신사가 변명을 늘어놓았다.

"자네 마음은 이해하네. 하지만 나도 나름의 사정이 있었다네. 당시 난 사랑하는 여인을 떠나보내야 했네. 그녀를 잃은 고통이 너무 심해 난 지푸라기라도 잡고 싶은 심정이었어."

왠지 노인의 심정을 이해할 수 있을 것 같았다.

실연은 아니지만 송염도 비슷한 경험을 한 적이 있다.

바로 어머니가 돌아가셨던 바로 그 순간이 그것이었다.

어머니와 단둘이 살고 있던 송염은 장례식장을 지키며 어머니에 대한 그리움과 이 세상에 홀로 남겨졌다는 고독 때문에 모든 것을 잊고만 싶었다.

'망각의 비약이 있었다면…… 나라도 마셨겠지.'

그런데 송염의 이해 한도를 넘어 노신사의 이야기는 점점 더 산으로 가고 있었다.

"결론부터 이야기하자면 아몬드와 빵으로 만들어진 그 비약은 전혀 효과가 없었지. 어쨌든 탈린은 아름다운 도시였네. 난 그녀와 함께였다면 얼마나 좋았을까 하는 헛된 소망을 가지고 탈린의 거리를 정처없이 걷기 시작했지. 그리고 이름도 모르는 어떤 골목에서……."

비약까지는 참아 넘길 수 있었지만 더 이상은 참기 힘들었다.

송염은 이미 이 이야기의 결말을 알고 있었다.

"혹시, 중세의 향기가 남아 있는 어느 골목에 있는 이름 없는 골동품 가게, 그리고 그곳에서 만난 마법사 이런 전개가 되는 것 아닙니까?"

"그걸 어떻게 알았나?"

"……."

노신사는 웃음을 터뜨렸다.

"허허허, 내 말이 거짓이라 생각하는군. 나도 바보가 아닌
이상 내 말이 허무맹랑하게 들릴 것이란 사실을 안다네. 하지
만 사실인 걸 어떡하겠나?"

송염의 예상대로 노신사는 탈린의 어느 골목에서 길을 잃
었고 오래된 잡화점을 발견했고 그곳에서 버프를 쓸 수 있는
아티팩트를 구입했다.

"이것일세."

노신사는 자신의 왼쪽 팔목을 내밀었다.

팔목에는 무광의 은빛의 팔찌가 채워져 있었다.

"이것이 바로 그 아티팩트입니까?"

"그렇다네. 정말 아름답지 않은가?"

"아름답습니다. 멋지군요."

솔직히 말해 팔찌는 조금도 아름답지 않았다. 폭이 3센티
정도인 팔찌는 아마도 알루미늄이나 그와 비슷한 재질로 만
들어진 것 같았고 표면에는 아무런 장식도 없었다.

이쯤 되니 의문이 생겼다.

송염은 노신사에게 물었다.

"왜 오늘 처음 본 저에게 당신의 비밀을 털어놓으시는 겁니까?"

노신사는 어느새 다시 주문한 이름 모를 칵테일을 단숨에 마시더니 말했다.

"내 능력을 자네에게 넘겨주려고!"

"네?"

송염은 자리에서 벌떡 일어날 뻔했다. 그만큼 노신사의 말은 뜻밖이었다.

"내 능력을, 그러니까 이 아티팩트를 넘겨주겠다고!"

"……."

갑자기 머릿속이 복잡해졌다.

능력을 가진 자가 오늘 만난 낯선 사람에게 그 능력을 넘겨준다?

의심이 안 생길 수가 없다.

숫제 오늘 벌어진 모든 일들이 무슨 몰래카메라 아닌가 하는 의심까지 들었다.

송염은 바 안을 찬찬히 둘러보았다.

아직은 술을 마실 시간이 되지 않아서인지 바 안에는 두 사람 이외에 다른 손님은 없었고 여자 바텐더는 텔레비전에서 흘러나오는 오래된 드라마에 정신이 팔려 있었다.

"이유를 물어봐도 될까요?"

송염의 질문에 노신사는 어디까지나 담담하게 대답했다.

"우연히 봤거든."

"네? 뭘 보셨다는 말씀입니까?"

"자네가 여자 친구에게 차이는 모습을 봤지."

"차라고 신호를 보내셨잖습니까?"

송염의 항의를 노신사는 시치미로 받았다.

"난 그런 적 없네."

"……."

"그리고 들었어. 자네가 교통사고를 당한 직후 자네 여자 친구가 누군가와 통화하는 내용을……. 그 아가씨가 뭐라고 말했는지 굳이 말하지 않겠네. 무척 자네 자존심이 상할 내용이었거든."

"……."

말하지 않아도, 듣지 않아도, 보지 않아도 알고 느낄 수 있는 일들이 있다.

송염은 사고 직후 자신의 시선을 피하며 돌아서던 세은의 눈빛을 기억해냈다. 그것은 철저한 무관심이었다.

"자네가 불쌍하더군. 너무 불쌍해서 한숨이 나올 정도로 말이야. 그래서 자네를 따라온 거라네."

"……."

"아마도 자네는 한 번도 특별한 사람인 적이 없었을 거야.

지극히 평범한 삶을 살아왔겠지. 자네의 삶에 만족하나?"

만족하든 만족하지 않든 이 순간 선택할 수 있는 대답은 오직 한 가지뿐이었다.

"아뇨."

노신사는 손목의 팔찌를 어루만지며 말했다.

"이 팔찌 덕분에 난 수없이 많은 사람들을 구하며 기쁨을 얻었네. 행복한 삶이었지."

송염은 고개를 끄덕였다.

당연히 그랬을 것이다. 얼마나 보람찬 삶인가. 얼마나 행복한 나날인가.

능력자, 초능력자.

생각만 해도 소름이 돋을 정도로 멋졌다.

"하지만 이젠 좀 힘에 부치는군. 그래서 여자에게 차이는 자넬 보며 생각했지. 자네에게 나의 이 신성한 임무를 넘겨주기로. 그래서 자네가 가치있는 삶을 살게 하기로 말일세."

다시 말해 노신사는 송염을 후계자로 선택했다는 이야기다.

하늘에서 호박이 넝쿨째 떨어졌다.

로또 1등에 3연속으로 당첨되어도 이 정도 기분은 아닐 것이 분명했다.

갑자기 세상이 아름다워 보이고 마음이 너그러워졌다.

"감사합니다."

"단!"

"말씀하십시오."

"이 능력을 남을 돕는 일에만 사용해야 하네. 약속할 수 있겠는가?"

"그럼요. 약속합니다. 절대로 약속합니다."

"그럼 좋네. 얼마 낼 건가?"

"네?"

"설마 자네 이 팔찌를 공짜로 꿀꺽하려는 경우 없는 짓을 하려는 건 아니겠지?"

"다, 당연합니다. 얼마가 좋을까요?"

"두 장이면 어떨까?"

"두 장이라시면……."

"2천만 원 말일세. 많나? 많다면 관두든지. 이 팔찌의 능력을 아는 사람이라면 2억, 아니 20억이라도 낼걸."

송염의 머리가 광속도로 돌아갔다.

아무리 생각해도 많은 금액이 아니다. 노인의 말처럼 2천만 원이 아니라 2억 원이라 해도 절대로 손해 보는 금액이 아니다.

물론 단순히 돈만의 문제는 아니다.

기본적으로 송염은 주변에서 흔히 볼 수 있는 평범하지만 착한 남자다. 그렇다고 해서 그런 남자들이 가슴 한편에 감춰 둔 욕망이 없다는 뜻은 아니다.

어쩌면 평범한 사람들의 욕망은 가진 자의 욕망에 비해 더 순수하고 더 직선적일지도 몰랐다

'돈, 명예, 여자 이왕이면 착하고 예쁜!'

자그만치 초능력 팔찌 아닌가.

송염의 소박한 욕망 따위는 마음먹는 것과 동시에 이뤄줄 것이다.

단순히 돈만은 아니라고 생각했지만 그것은 잘못된 생각 이었다.

돈이 우선이었다.

명예도 여자도 돈이 있어야 찾아오는 것이었다.

'저지르자. 그래서 우선 돈을 버는 거야.'

노신사의 말처럼 능력은 남을 돕는 일에 쓰겠지만 감사의 성의를 받는 일까지 마다할 필요는 없지 않은가.

'솔직히 말해서 아까 내가 지불한 순대값과 이 술값도 감 사의 표시잖아.'

처음부터 대답은 정해져 있었다.

"내겠습니다. 당연히 내야죠."

"좋네. 그럼 축하를 해야겠지."

"당연합니다."

노신사는 축하는 당연히 샴페인이라고 말하며 바텐더를 불렀다.

"여보게, 처자. 이 가게 샴페인 리스트가 어떻게 되는가?"

"돔페리뇽이 있어요, 사장님."

"크룩이나 볼린저는 없나?"

"에이, 그렇게 비싼 술을 이런 곳에서 누가 마셔요."

"아쉽지만 어쩔 수 없지. 그럼 그걸로 주게."

돔페리뇽 샴페인이 차갑게 칠링되고 잔이 준비되는 동안 노인이 화장실을 간다며 잠깐 자리를 비우자 송염은 바텐더에게 살며시 물었다.

"그 술 얼맙니까?"

"1999년산이 42만 원입니다."

"……."

42만 원이면 송염의 한 달 용돈이다.

별것 아닌 술 한 병에 42만 원이란 사실이 살 떨리도록 놀라웠지만 송염은 내색하지 않았다.

'이제 시작이거든. 그건 그렇고 2,000만 원을 마련하려면 적금을 해약해야 하겠는걸.'

오히려 송염의 머릿속에는 2,000만 원을 어떻게 만들 것인가 하는 생각만 차지하고 있었다.

하지만 송염은 곰처럼 우직하고 마음이 넓은 사람이기도

했지만 한편으로는 좋게 말해서 신중한, 사실은 약간은 쪼잔한 성격도 가지고 있었다.

'그런데 저 팔찌가 가짜면? 노신사 스스로 능력을 가졌을 수도 있잖아.'

확실히 있을 수 있는 일이다.

세상은 험한 곳이고 믿을 놈 하나 없다는 것은 굳이 직접 경험하지 않더라도 하루만 신문 정치, 경제, 사회면을 보면 알 수 있다.

거래는 확실해야 한다.

팔찌의 능력을 직접 스스로 확인해야 한다.

그렇다고 대놓고 의심스럽다는 말을 할 수는 없다.

만일 팔찌가 진품이고 노신사가 송염을 불쾌하게 여긴다면 다시는 찾아오지 않을 행운을 발로 차버린 멍청이가 될 뿐이다.

궁리에 궁리를 거듭한 송염은 노신사가 돌아오자 말했다.

"어르신의 말씀은 너무 고맙습니다. 하지만 그 팔찌가 어르신에게만 힘을 준다면 어찌되겠습니까. 혹여 팔찌가 저에게 와서 능력이 사라진다면 어르신께도 저에게도 나아가서는 세상을 위해서도 불행한 일 아니겠습니까."

빙글빙글 돌려서 이야기했지만 송염이 말하고자 하는 말의 의미는 간단했다.

―내가 사용해 보고 살래.

노신사는 별 고민도 하지 않고 팔찌를 풀어 송염에게 건네
주었다.

"절대 그럴 일은 없네. 하지만 물건을 사면서 테스트도 안
해보는 것도 말이 되지 않으니 직접 사용해 보게."

속이 들킨 것 같아 쑥스러웠지만 송염은 넙죽 팔찌를 받았
다.

팔찌를 만진 첫 느낌은 차갑다였다.

아직도 밤에는 서늘하긴 하다.

그렇지만 바의 실내 온도는 낮지 않았고 팔찌는 계속 노인
의 손목에 채워져 있었다.

이런 상황에서 팔찌가 차갑다는 것이 이상한 일이었지만
그 생각은 오래가지 않았다.

지금 중요한 것은 팔찌의 효과를 직접 확인하는 일이다.

"이제 사물을 보면서 왼손을 내밀고 '스톤스킨'이라고 생
각을 하든 말을 하든 하게."

"그게 답니까?"

"그렇다네."

능력을 사용하기 위해 산속에 들어가 수련이라도 할 마음

까지 가지고 있었던 송염은 너무 쉬운 사용 방법에 웃음이 나올 것 같았다.

'나쁜 일은 아냐. 오히려 좋은 일이지.'

송염은 앞에 놓여 있는 샴페인잔을 보며 마음속으로 속삭였다.

'스톤스킨.'

노신사가 그랬던 것처럼 팔찌에서 빛이 나왔다 사라졌다.

빛을 본 바텐더가 관심을 보였다.

"어머 그 팔찌 뭐예요? 신기하네요."

"그냥 엘이디가 달린 팔찝니다. 팔리겠습니까?"

"디자인이 너무 구려요. 애들이면 몰라도 안 팔릴걸요."

"하하, 그렇군요."

바텐더의 관심을 떼어버린 송염은 샴페인 잔을 집어 들고 노신사를 바라보았다.

"……."

"……."

두 사람 사이에 무언의 합의가 도출되었다.

송염은 힘껏 샴페인 잔을 바에 내려쳤다.

콩!

성공이었다.

샴페인 잔은 깨지지 않았다.

"어떤가?"

"멋지군요. 정말 멋집니다."

"거래는?"

"당연히! 제가 어르신의 뜻을 이어받아 세상이 좋아지도록 많은 일을 하겠습니다."

"그럼 돈은?"

"오늘이 토요일이니 월요일에 은행이 문을 열어야 돈을 찾을 수 있습니다."

"흠……."

노신사는 송염의 제안이 별로 탐탁지 않은 눈치였다.

송염은 다시 다짐했다.

"믿으십시오. 절대로 실망시켜 드리지 않겠습니다."

"내가 60년을 살고 깨달은 한 가지 진리는 절대로 외상은 하지 말라는 거라네."

"……."

결국 거래는 송염이 가지고 있던 현금 15만 원을 선금으로 걸고 월요일 정오에 두 사람이 만났던 처음 만났던 순댓국집에서 다시 만나는 것으로 결정되었다.

*   *   *

토요일과 일요일에 걸친 이틀은 송염의 인생에서 가장 긴 주말이었다.

　송염은 국방부 시계처럼 지독히도 안 가는 시간을 보내고 월요일 아침이 되자마자 은행으로 달려갔다.

　회사 생활 4년 동안 열심히 붓던 적금을 해약하려니 손해가 막심했지만 송염은 개의치 않았다.

　몇 푼 안 되는 이자에 미련을 가지기에는 미래에 대한 포부가 너무 컸다.

　오히려 송염은 노신사가 나타나지 않으면 어떠하나 하는 일차원적인 걱정을 하고 있었다.

　다행히 노신사는 미리 와서 반주를 곁들여 해장을 하고 있었다.

　"왔나? 늦었구만. 자네도 식사하게나."

　"괜찮습니다. 시작하시죠."

　노신사의 제의를 뒤로하고 송염은 주말 동안 수없이 연습했던 순서대로 거래를 시작했다.

　"먼저 다시 한 번 팔찌를 확인을 해보겠습니다."

　"젊은 사람이 의심이 많은 건지, 꼼꼼한 건지, 신중한 건지 도통 모르겠구만. 맘대로 하게."

　노신사는 이번에도 스스럼없이 팔찌를 건네주었다.

　두 번에 걸친 테스트는 완벽했다.

테스트가 끝났으니 이번에는 준비한 질문 차례다.

송염이 준비한 질문은 모두 세 가지였다.

"하루에 몇 번을 사용할 수 있습니까?"

"다섯 번이네."

"오늘은 세 번 남았다는 이야기군요."

"그렇다고 할 수 있지."

처음부터 무한대로 사용할 수 있을 것이란 생각은 하지 않았다.

사실 다섯 번은 무척 괜찮은 숫자다. 하루에 다섯 번 사람을 구해주고 대가를 받을 일이 얼마나 있겠는가.

송염은 계속 질문을 던졌다.

"지속 시간은 얼마나 됩니까?"

"5분일세."

"혹시 다른 능력을 사용할 수는 없습니까?"

노신사가 시큰둥하게 대꾸했다.

"없네. 아니, 없다고 생각하네. 내가 이 팔찌를 구입한 상점의 노파가 알려준 능력은 스톤스킨뿐이었으니까."

송염은 실망하지 않았다. 노인의 말속에는 상당히 중요한 정보가 숨어 있었다.

없다와 있을 수도 있다는 엄청난 차이가 있다.

확인을 마친 송염은 돈을 건네며 말했다.

"성함과 연락처를 알려주십시오."

송염의 질문에 지금까지는 순순히 대답해 주던 노신사가 고개를 저었다.

"자네와 나의 인연은 이 정도가 좋네. 더 이상의 만남은 불필요한 시간과 감정의 낭비에 지나지 않네."

살짝 불안한 감은 있었지만 노신사의 말도 맞다 싶었다.

송염은 능력을 당연히 비밀로 할 생각이었고 비밀은 아는 사람이 적을수록 좋다.

로또 1등 당첨자가 당첨 소식을 소문내지는 않는다. 날파리가 꼬이는 것을 방지하기 위해서다.

지금 자신은 로또 1등에 연달아 당첨된 사람보다 더 큰 행운을 거머쥔 상태다.

팔찌를 소중하게 왼쪽 팔목에 찬 송염은 자리에서 일어나려했다.

그런 송염을 노신사가 잡았다.

"술 한잔할 텐가?"

"아닙니다. 밥만 먹고 가겠습니다."

"그래도 한잔만 하게."

노신사는 막무가내로 잔을 채웠다.

"……"

이상하리만큼 노신사의 표정이 담담해 보였다.

도저히 방금 돈 2,000만 원에 능력이 담긴 귀중한 팔찌를 판 사람의 표정이 아니었다.

송염은 노신사의 담담함에서 외로움의 감정을 느꼈다.

술병을 잡은, 조금씩 떨리는 손이 송염의 생각을 뒷받침했다.

'비슷하네.'

노인의 손끝은 가늘지 않고 뭉툭했다.

송염의 손도 그랬다.

"……"

하지만 그런 감정은 오래가지 않았다. 싸구려 감정에 메이기에는 치솟아 오르는 의심의 힘이 너무 컸다.

'혹시 팔찌를 판 일을 후회하는 것 아냐? 그럴 수도 있어. 따지고 보면 2,000만 원은 싸도 너무 싸.'

덜컥 노신사가 거래를 무르자고 할까봐 걱정이 들었다.

송염은 노신사가 따라준 소주잔을 얼른 비운 후 살짝 고개를 숙이고 가게를 나섰다.

"전 가보겠습니다."

"잘 가게. 그리고 잘살게."

"……"

그냥 나가려고 보니 마음이 안 좋았다.

어두침침한 순댓국집 구석에 앉아 쓸쓸하게 소주잔을 비

우고 있는 노신사의 모습이 안쓰러웠다.

'그래도······.'

송엽은 주인아주머니에게 다가갔다.

"모듬순대 한 접시 저분에게 드리세요. 그리고 계산은 제가 하겠습니다."

"그러슈."

송엽이 노신사에게 해줄 수 있는 일은 그 정도가 전부였다.

Chapter 04
시도

작열하는 태양.

이글거리는 아스팔트.

뜨거운 공기.

봄은 오기가 바쁘게 초여름에게 자리를 넘겨주고 사라졌다. 지구 온난화의 영향인지 가면 갈수록 봄을 즐기는 시간이 짧아지고 있었다.

송염은 한 집 걸러 한 집 늘어서 있는 커피전문점을 애써 외면했다.

때 이른 시원한 에어컨 바람에 몸을 맡기며 푹신한 의자에 앉아 음료를 마시고 있는 사람들이 부러웠다.

원두커피 한 잔을 한 끼 식대나 주고 사먹는 행위를 경멸하는 송염이지만 더운 날씨는 그런 각오를 무색하게 만들었다.

"참자. 얼음 생수나 한 병 사서 마시면 돼."

불과 몇 천 원짜리 아이스커피 한 잔이지만 송염은 망설일 수밖에 없었다.

현재 송염의 재정 상태는 마하의 속도로 날아가는 전투기처럼 파산을 향해 빠르게 날아가고 있었다.

송염은 툴툴거리며 다시 걸음을 옮겼다.

노신사에게 팔찌를 구입하고 버퍼가 된 그날 이후 송염의 생활에는 많은 변화가 있었다.

막상 버프를 사용하는 버퍼가 되고 나니 문제가 생겼다.

사고가 날마다 눈앞에서 일어날 일이 없으니 시간을 충분히 들여 사고를 찾아다녀야 했다.

처음에는 밤과 주말을 이용했지만 곧 한계에 부딪쳤다.

사고를 직접 목격하는 일은 정말 힘들었다.

보통 사람이 쉽게 목격할 수 있는 사고는 자동차 접촉사고지만 그런 경미한 사고에서 사람이 다칠 리도 없으니 송염이 개입한 부분이 없었다.

돌이켜 생각해 보면 살아오면서 송염이 직접 목격한 치명적인 사고 현장은 한 번도 없었다.

송염은 하루에 다섯 번 주어진 버프의 개수가 쓰이지 않고 사라진다는 사실을 도무지 견딜 수 없었다.

송염은 버프를 효율적으로 사용할 수 있는 방법을 찾기 시작했다.

답은 쉽게 나왔다.

'시간이 부족해.'

평일 밤과 주말로는 사건을 목격하기 위한 시간이 절대 부족했다.

송염은 결단을 내렸다.

한 번 뽑은 버프, 무라도 썰어 결과를 봐야 했다.

결국 송염은 자신이 4년 동안 다니던 회사를 때려치운다는 과격한 결정까지 내렸다.

'남자가 한 차례 꿈을 꾸면 그 꿈을 향해 미쳐 볼 필요가 있어. 사람을 돕고 돈을 벌겠다는 원대한 꿈 앞에 직장은 족쇄일 뿐이야.'

송염은 스스로의 결정을 그렇게 합리화시켰다.

그런데 결과적으로 송염의 결정은 엄청난 실수였다.

하루 종일 거리를 돌아다녀도 사고를 직접 목격하기란 힘들단 사실을 뒤늦게서야 깨달은 것이다.

'정보가 필요해.'

송염은 다시 한 번 상황을 파악하고 분석해서 결과를 도출

했다. 그런 절차를 거쳐 송염이 도출해 낸 방법은 정보수집이었다.

송염은 며칠 동안 컴퓨터 앞에 앉아 사건 목격 확률을 높이기 위해 사고다발 지역을 조사했다.

조사는 끝났고 결과는 리스트로 만들어졌다.

이제 많은 시간과 정성을 들여 조사한 데이터의 신빙성을 검증해야 했다.

송염은 리스트의 가장 상단에 있는 사거리를 찾았다.

송염이 선택한 사거리는 최근 1년 동안 46회의 사고가 일어난 사고다발 지역이었다.

사거리에 도착한 송염은 사거리가 잘 보이는 벽에 기대서서 사고가 나기를 기다렸다.

그렇게 네 시간이 흘렀다.

더위와 짜증 그리고 나지 않은 사고에 대한 원망으로 송염의 인내심은 한계에 다다랐다.

송염은 근처 편의점으로 향했다.

생수라도 한 모금 마시지 않으면 더 이상 버틸 수 없을 것 같았다.

송염이 편의점에서 생수를 사 나오려는 순간이었다. 그토록 애타게 기다리던 소리가 들렸다.

끼이이이익!

타이어가 아스팔트를 갉아먹는 소리다.

꽝!

뒤이어 자동차의 충돌 소리도 들렸다.

"……"

송염은 하마터면 들고 있던 생수병을 떨어뜨릴 뻔했다.

5분만, 단지 5분만 기다렸다면 사고를 목격할 수 있었다. 능력을 사용할 수 있었다는 이야기다.

그렇게 한 달여를 손꼽아 기다리던 기회가 물거품으로 사라졌다.

사고는 상황으로 보아 우회전하던 1톤 트럭을 직진하던 승용차가 받은 형태였다.

승용차의 운전자인 아주머니와 1톤 트럭의 운전자인 아저씨가 모두 차에서 나와 격렬한 말싸움을 벌였다.

두 사람 다 목소리가 큰 걸 보니 소리에 비해 사고는 경미했다.

그 모습을 보자 이상하게 안도감이 들었다.

'내가 보고 있었어도 능력을 사용할 필요는 없었어. 안 그래?'

그리고 그 생각과 동시에 격렬한 환멸감이 밀려왔다.

기본적으로 송엽은 밝고 건전하고 건강한 대한민국의 지극히 평범한 28세의 청년이다.

그런데 지금은 고속도로에서 사고가 나기를 기다리며 경찰의 무전을 엿듣는 견인차 기사같이 남의 불행으로 돈을 벌 궁리만 하고 있었다.

'견인차 기사보다도 못해. 그들은 최소한 결과로서 남을 돕잖아.'

견인차 기사는 사고의 결과를 처리함으로서 남을 돕지만 자신은 사고 그자체로 돈을 벌려 한다는 자괴감이다.

'돌아가자. 돌아가서 다시 한 번 깊이 생각을 해보자.'

송엽이 몸을 돌리려 할 때 그의 시선을 끄는 것이 있었다.

사거리를 끼고 있는 아파트에서 쏜살같이 튀어나온 스쿠터가 있었다.

뒷자리에 커다란 녹색 플라스틱 상자가 실려 있는 것으로 보아 흔히 말하는 철가방이 분명했다.

'위험한데?'

스쿠터는 사거리 중앙을 막고 있는 사고 차량을 발견하지 못했는지 그대로 달려들고 있었다.

송엽은 반사적으로 손을 들고 소리쳤다.

"스톤스킨."

팔찌를 얻고 나서 밤마다 수없이 연습한 보람이 있었다.

손목이 번쩍하고 빛나자마자 스쿠터가 그제야 승용차와 1톤 트럭을 발견했는지 급히 진로를 바꿨다.

다행히 스쿠터는 사고 차량을 아슬아슬하게 피했지만 그 다음이 문제였다.

스쿠터가 그대로 도로 옆 연석을 받고 허공으로 떠올랐다.

그 충격으로 튕겨나간 스쿠터 운전자가 공중에서 두세 바퀴를 돌더니 머리부터 시멘트로 만들어진 보도블록 위에 떨어졌다.

불행하게도 스쿠터 운전자는 헬멧도 쓰고 있지 않았다.

"까아아아악!"

아저씨와 열심히 싸우고 있던 아주머니가 비명을 질렀다.

송염은 천천히 스쿠터로 향했다.

"⋯⋯."

스쿠터 운전자가 잠시 꿈틀거리더니 몸을 일으켰다.

그는 고개를 몇 번 젓고 손도 흔들고 다리도 움직이더니 스쿠터 쪽으로 움직였다.

이십대 후반, 송염의 나이 또래로 보이는 스쿠터 운전자는 전혀 다치지 않았다.

다치지 않은 것은 스쿠터 운전자뿐이 아니었다.

스쿠터도 멀쩡했다.

완벽한 성공이다. 능력을 가지고 난 후 처음으로 한 사람의 생명을 구했다.

청년은 지금 상황이 도무지 이해하기 힘들었는지 아직도 고개를 갸우뚱하고 있었다.

청년이 움직이자 1톤 트럭의 주인인 아저씨가 그에게 다가가 물었다.

"청년, 괜찮아? 바로 움직이면 안 될 텐데……. 구급차를 불러줄까?"

"아……. 아닙니……. "

대답을 하던 청년의 표정이 변했다.

"다가 아니고……. 아 씨발, 도로 중앙에 차를 세우고 뭘 하는 거야? 당신 미쳤어?"

몸을 일으킨 청년은 거의 190에 달하는 장신에 덩치도 산만한 거구를 자랑했다.

그 모습에 위압감을 느꼈는지 기세등등하던 아저씨가 말을 더듬었다.

"무……. 무슨 말을……. 당신이 그냥 달려들었잖아."

아저씨의 말을 귓전으로 흘려버린 청년이 위협적으로 손을 흔들었다.

"뭐야? 그래서 잘했다는 거야? 잘했어?"

"그런 말이 아니라……. "

"아니면 닥치고 차나 빼시지. 딱 죽을 뻔했네."

청년은 스쿠터를 일으키더니 이내 자리를 떠나 버렸다.

이대로 놓칠 수는 없다. 생명을 구해준 선행에 대한 대가를 받아야 한다.

소염은 스쿠터 뒤에 실린 박스에서 상회와 전화번호를 확인했다.

'대발원······.'

스마트폰으로 대발원의 위치를 확인한 송염은 걸음을 옮겼다.

대발원은 주택가 골목 어디서나 볼 수 있는 작고 허름한 중국집이었다.

테이블은 단 두 개뿐이었고 그나마도 테이블 위에는 뜯지 않은 냅킨이며 음식 재료가 널려 있었다.

동네 중국집답게 매출 대부분을 배달에 의존하는 그런 집으로 보였다.

청년이 테이블에 앉아 담배를 피우다 송염을 발견하고 일어났다.

걷어붙인 팔뚝에 검은 문신이 보였다.

차카게 살자!

그 모습을 본 순간 송염은 뒷걸음쳐 가게를 빠져나왔다.

청년의 인상이 구겨졌다.

그가 무언가 욕을 내뱉으려는 순간, 송염은 진작 생각했어야 할, 자신이 간과하고 있던 한 가지 사실을 뒤늦게 깨닫고 말았다.

'버프로 돈을 벌 수 없어.'

만일 저 청년에게 내가 당신을 구했으니 돈을 내놓으라고 말한다면 어떤 반응을 보일까?

깊이 생각해 보아도 뻔한 결론이 도출되었다.

'미친놈이라고 주먹질이나 당하지 않으면 다행이지.'

사실을 증명하기 위해 노신사가 자신에게 했던 것처럼 버프 시범을 보인다면?

팔찌를 뺏기지 않으리라 장담할 수 없다.

*   *   *

어깨를 늘어뜨리고 집으로 돌아가는 송염의 마음은 10년을 사용한 걸레처럼 너덜너덜했다.

생각하면 할수록 버프로 돈을 벌겠다는 생각은 미친 짓에 불과했다.

'사고의 상황과 사고를 당한 사람의 성격, 그리고 그 사람

의 재력 수준이 모두 맞아야 해.'

한 달 동안 갖은 노력 끝에 사고 현장을 목격하고 사람을 구했다.

분명 좋은 일이고 자부심을 느낄 만한 행동이지만 여기까지 였다.

돈을 벌 수는 없다.

설령 돈을 번다 해도 도저히 수지맞는 장사가 아니다.

비로소 송염은 노신사가 허름한 옷을 입고 짠돌이 행세를 했었는지 깨달았다.

노신사는 짠돌이 행세를 한 것이 아니라 그저 가난했을 뿐이다.

25년 동안 스톤스킬 버프 능력을 가지고도 가난했다면 버프로 돈을 벌 수 없다는 의미다.

'생각하면 생각할수록 돈을 벌 수 있는 길이 보이지 않아.'

만일 하늘을 날 수 있는 능력이 생긴다면?

사람은 누구나 한 번쯤 슈퍼맨처럼 하늘을 나는 꿈을 꾸곤 한다.

그 꿈은 로또를 사고 일주일간 당첨될 꿈을 꾸며 기뻐하는 마음과 비슷했다.

그런 능력이 있으면 얼마나 신날까? 상상만으로도 기분이 좋아지는 생각이다.

'하지만 그런 능력으로 돈을 번다?'

대답은 쉽게 나왔다.

'못 벌어. 하늘을 난다고 해도 돈은 못 벌어.'

과거라면 군에 소속되어 적진에 폭탄이라도 떨어뜨리겠지만 현대 문명에서 돈과는 별 상관이 없는 이야기다.

현대라면? 하늘에 나는 즉시 총알 세례를 받을 것이다.

아무리 궁리를 해봐도 도둑질이라도 하지 않는 이상 현대 사회에서 하늘을 나는 일로 돈을 벌 방법이 생각나지 않았다.

다만 한 가지 방법은 있었다.

'구경거리가 되는 것.'

연예인도 아니고 하늘을 나는 모습을 보여주고 돈을 번다? 맞는 말이지만 한편으로는 썩 내키지 않았다.

'그러다 쥐도 새도 모르게 잡혀가서 시험용 표본 신세가 되겠지.'

인간을 초월한 능력자가 현대 사회에서 돈을 벌 수 있는 방법은 한 가지다.

영웅 대신 악당이 되는 것.

악당이 되지 않고서는 능력만으로 돈을 벌 수 없다.

순간이동 능력을 가지고 있다고 해도 그랬다.

도둑질 같은 불법적인 일을 하지 않는 이상 순간이동을 어디에 쓸 것인가.

팔자에 없는 스파이 노릇을 하지 않는 이상 가장 먼저 생각나는 것은 세계여행 정도다.

물론 출입국 수속을 받지 않았다는 명목으로 잡혀 갈 위험을 차지하고서 말이다.

사람을 치료하는 능력을 가지고 있다 해도 결론은 마찬가지다.

환자를 구해주고 돈을 받는 즉시 의료법 위반으로 쇠고랑 신세다.

더 답답한 현실은 송염이 지닌 능력의 종류다.

송염이 가진 능력은 대상을 단 5분간 단단하게 해주는 스톤스킨 버프다.

'어디다 써?

아무리 생각해도 쓸모가 없다.

전혀 쓸모없는 능력이다.

"속았어."

그래서 노신사가 팔찌를 판 것이다.

"완전히 속았어."

노신사에게 속은 대가는 컸다.

적금을 해약했고 직장을 때려치워 백수 신세로 전락했다.

현실을 깨달은 송염은 좌절했다.

Chapter 05
비밀

송염이 살고 있는 집은 지은 지 10년이 넘어가는 원룸이
다.

　문을 열자 남자 혼자 사는 집 특유의 퀴퀴한 냄새가 송염을
반겨주었다.

　2년 전, 어머니가 돌아가신 후 혼자 살게 된 송염이 어쩔
수 없이 익숙해 져야 했던 냄새다.

　송염은 마트에 들러 사온 소주 몇 병과 참치 캔 그리고 봉
지 김치를 대충 풀어놓았다.

　실패의 쓰린 속을 달래는데 소주보다 좋은 것은 없다.

안주도 없이 단숨에 몇 잔을 비운 송염은 앞으로의 행보에 관한 고민을 시작했다.

아니, 고민이라고 할 필요도 없었다. 처음부터 결론은 하나였다.

"팔아 치우자."

어쨌든 능력을 가진 팔찌다.

삼성이나 현대 같은 대기업이라면 사줄지도 모른다. 아마 돈도 많이 줄지 모른다.

하지만 그들은 돈과 인력과 기술을 투입해 능력의 원리를 찾아낼 것이다.

'빌어먹을……'

생각만으로 속이 쓰렸다.

혹시라도 그들이 원리를 찾아내 상품화에 성공한다면?

팔찌 한 개는 쓸모없는 물건이지만 온 세상의 사람들이 팔찌를 차고 다닌다면?

예기치 않은 사고에서 엄청난 인명을 구할 수 있다.

세상 사람까지 가지 않더라도 군대에게만 판다면?

죽지 않는 군인.

파괴되지 않은 무기.

볼 것도 없이 대박이다.

'죽 써서 개 줄 수는 없어. 알아내도 내가 알아내야지. 그

래서 내가 돈을 벌어야 해.'

패배감에 빠지기에는 아직 이르다. 어떻게 해서든 자본이
될 금액을 벌 방법을 찾아야 했다.

결정하고 나니 사라졌던 기운이 솟아났다.

인내심이 많고—세은과 2년을 사귄 것만 봐도 확실하다— 항
상 긍정적인 송염의 장점이 드러나는 순간이다.

송염은 궁지에 몰렸을 때 포기 대신 도전을 선택하는 성격
이다.

'다시 한 번 살펴보자.'

우선 팔찌를 다시 한 번 살핌으로서 기본으로 돌아가 보기
로 했다.

팔찌는 아무런 장식이 없는 유백색 금속으로 만들어져 있
다.

기계공학과를 졸업한 송염은 알려진 대부분의 금속을 구
별할 수 있었지만 이 금속만큼은 제외다.

색깔만으로 봐서는 은이나 알루미늄을 닮았지만 못으로
긁어도 아무런 상처가 나지 않는 것으로 보아 알루미늄은 아
니다.

그렇다고 철도, 텅스텐도 아니다.

팔찌의 외관은 이음매 없는 고리 형태다.

집어넣을 때 손을 구부려 넣고 뺄대도 역시 마찬가지다.

두툼한 외관에 비해서 무게도 확실히 가볍다.

전체적으로 팔찌는 세라믹과 같은 질감이다.

그리고 기묘할 만큼 차갑다.

하지만 정작 차고 있을 때는 그 차가움이 크게 느껴지지 않는다.

오히려 몸이 선선해져 기분이 좋을 정도다.

'성분 분석을 의뢰할 만한 곳이 있을까?'

기계공학도답게 송염은 팔찌의 정체를 과학적으로 접근해 보면 어떨까 하는 아이디어를 떠올렸다.

확실히 정석적인 방법이다.

성분을 생각하자 또 한 가지 좋은 아이디어가 생각났다.

보통 영화나 소설에 등장하는 기묘한 물건들은 불에 넣으면 글귀가 나타난다.

이 팔찌라고 해서 그러지 말라는 법은 없다.

"혹시 모르지."

송염은 휴대용 가스렌지를 꺼냈다.

막상 불에 넣으려고 보니 겁이 덜컥 났다.

팔찌를 불에 넣었다가 녹기라도 하면 낭패다. 자그마치 2,000만 원짜리 팔찌다.

"그럼 우선 물에……."

송염은 냄비에 물을 받은 다음 가스렌지로 데우기 시작

했다.

물이 끓자 송염은 팔찌를 냄비에 넣었다.

"……."

라면 하나가 익을 시간이 지나도 팔찌에는 아무런 변화가 없었다.

송염은 실망하며 젓가락으로 조심스럽게 팔찌를 건져냈다. 실망은 부주의를 부른다.

잠시 한눈을 판 사이 팔찌가 미끄러운 젓가락을 타고 손가락 쪽으로 미끄러졌다.

"앗~ 뜨거!"

송염은 젓가락을 놓쳤다.

"……?!! 응?"

반사적으로 젓가락을 놓쳤지만 그래 놓고 나니 이상했다. 팔찌가 뜨겁지 않았다.

송염은 천천히 팔찌를 손가락으로 만졌다.

뜨겁기는커녕 차가운 냉기가 느껴졌다.

하마터면 고함을 지를 뻔했다. 팔찌가 특별한 물건임이 증명되었다.

내친김이다.

물이 담긴 냄비를 내려놓은 송염은 팔찌를 불 위에 올렸다.

팔찌에는 아무런 변화도 없었다.

반지의 제왕에 등장하는 절대반지처럼 글귀가 나타나길 바라던 송염은 내심 실망했다.

한참을 달궜지만 별 변화가 없자 가스렌지의 불을 끈 송염은 젓가락으로 팔찌를 집어 들려 했다.

끓는 물에는 팔찌가 안 뜨거워졌을지 몰라도 불에서까지 그러리라는 보장이 없다는 생각 때문이다.

그 순간이었다.

스팟!

아주 잠깐이지만 버프를 사용할 때처럼 팔찌가 스스로 빛을 냈다.

빛은 아주 약했지만 잘못 볼 정도는 아니었다.

"……??!!"

혹시나 하는 마음에 송염은 떨리는 손길로 가스레인지에 다시 불을 붙이고 팔찌를 달구기 시작했다.

예상대로였다.

팔찌가 빛을 내기 시작했고 그 빛은 눈을 뜨기 힘들만큼 밝아졌다.

송염은 실눈을 뜨고 팔찌에서 글자를 찾기 시작했다.

"없어."

희망이 현실로 이뤄지는 일은 소설 속에나 나타난다는 진리가 다시 한 번 실현되었다.

빛은 단순히 열에 의한 오작동인 모양이다.

"내 복에… 헉!"

씁쓸한 탄식을 내뱉으며 가스렌지를 끄려던 송엽은 놀라 뒤로 물러났다.

팔찌를 중심으로 분산되며 뿜어져 나오던 광채가 허공에 모이기 시작했다.

게다가 빛은 살아 있는 것처럼 움직이며 홀로그램처럼 허공에 어떤 형체를 만들어 냈다.

이윽고 나타난 형체는 놀랍게도 인간의 모습을 하고 있었다.

송엽은 나타난 인간을 보며 할 말을 잊어 버렸다.

자고로 이런 상황이면 백발의 새하얀 로브를 입은 인자한 할아버지나 야시한 옷을 입은 미녀가 등장해야 정상이다.

그런데 나타난 인간은 송엽도 익히 알고 있는 사람의 형상을 하고 있었다.

"……?"

그는 노신사였다.

그렇다면?

노신사가 송엽을 보고 빙긋 웃었다.

그 순간 송엽은 확신했다.

'노신사는 신선이나 마법사 같은 존재였어. 대박이야. 완전 땡잡은 거야.'

심장이 뛰다 못해 입으로 튀어나올 것 같았다.

노신사의 모습이 이런 식으로 나타난 이유를 설명할 수 있는 상황은 오직 한 가지, 팔찌에 숨겨진 비밀을 알려주려는 것이 확실했다.

노신사의 입이 천천히 열렸다.

송염은 주인이 주는 먹이를 받아먹으려는 강아지처럼 기대에 부풀어 노신사가 무슨 말을 할지 기다렸다.

드디어 노신사가 말했다.

그 말을 듣는 순간 송염은 가스레인지를 발로 차버렸다.

"젠장!"

*   *   *

송염은 떨리는 손으로 소주병을 들고 나발을 불었다.

술이 술인지 물인지 느껴지지 않았다. 그만큼 송염은 화가 머리끝까지 나 있었다.

노신사가 한 말은 다음과 같았다.

"내가 너의 애비다."

송염은 아버지를 한 번도 본 적이 없다.

돌아가신 어머니도 아버지에 대해 언급하지 않으셨다.

송염이 철이 들고 아버지의 존재에 대해 물었을 때 '나쁜 새끼'라는 짧은 말을 남기셨을 뿐이다.

어머니는 대단한 분이었다.

단지 홀몸으로 송염을 키워서만은 아니었다.

어머니는 아무리 생활이 어려워도 절대로 미소를 잃지 않았고 그런 넓은 마음을 행동으로 송염의 몸에 각인시켰다.

그래서 어머니는 송염에게 아버지이자 어머니였고 친구이자 동료였다.

송염은 어머니를 사랑했고 그런 어머니가 나쁜 새끼라고 말하는 사람은 정말로 그런 사람이었다.

어머니가 내린 아버지에 대한 평가가 틀릴 리 없다.

그래서 그날 이후 송염은 다시는 아버지에 대해 묻지 않았다.

나쁜 새끼.

가스레인지를 발로 찬 행동은 송염의 마음속에 잠들어 있던 그런 마음이 현실로 드러난 행동이었다.

어쨌거나 소주 한 병을 단숨에 들이켠 송염은 달리 방법이 없다는 사실을 어쩔 수 없이 인정해야 했다.

"빌어먹을······."

토하듯 욕지거리를 내뱉은 송염은 자동으로 불이 꺼져 버린 가스레인지를 바로 하고 불을 붙인 다음 팔째를 올렸다.

빛이 나오고 빛이 형체를 갖추고 그 형체가 노신사로 변했다.

노신사가 말했다.

"내가 너의 애비다."

그 말을 시작으로 노신사는 자신의 이야기를 털어놓았다.

"놀랐으리라 믿는다."

정말 놀랐다.

하지만 거짓이라는 생각은 들지 않았다.

애초에 이런 식으로 거창한 거짓말을 하기엔 송염은 너무 평범한 사람이었다.

"이렇게 네 앞에 나타나려 결심하기까지 많은 시간이 필요했다."

송염이 알기로 아버지가 어머니를 떠났을 때 송염의 나이는 불과 두 살이었다. 송염의 현재 나이는 28세. 그러니 26년 만에 나타난 아버지다.

정말 많은 시간이 필요한 건 맞다. 물론 그 이유는 납득하기 힘들었지만 말이다.

"하지만 나도 힘들었다."

전형적인 비겁한 변명이다.

"난 소련에 가기 전 네 어머니와 결혼을 했다. 그리고 내가 태어났지. 진심을 담아 말하지만 내가 소련을 선택한 이유는 너와 네 어머니를 더 잘살게 하고 싶어서였다. 그런데……."

팔찌 이야기다.

"그 팔찌를 얻고 난 후 나는 완전히 이 팔찌가 주는 마력에 빠져 버렸다. 나는 회사를 그만두고 팔찌의 비밀을 밝히기 위해 연구에 들어갔다."

그랬겠지.

아이와 마누라가 있는 남자가 직장도, 가족도 팽개치고 팔찌에 매달린 결과는 이혼뿐이었던 것이다.

아버지의 이야기는 계속되었다.

"너도 내가 이 팔찌를 얻었을 때 느꼈던 좌절감을 맛봤을 것이다. 스톤스킨이 얼마나 부질없는 능력인지 말이다."

그래, 그랬다.

"난 네가 집념이 있다면 이 팔찌를 불에 달굴 것이라 생각했다. 이 영상을 보고 있는 넌 내가 낸 문제를 통과한 것이다. 팔찌의 주인이 될 자격이 있다는 의미이자 혹시나 네가 이 팔찌가 주는 힘의 중요성을 간과하지 않았으면 하는 내 마지막 바람이었다."

줄여서 말하면 이 영상을 보지 못하면 아무짝에도 쓸모없는 스톤스킨 버프에 매달려 인생을 낭비했을 것이라는 소리다.

지독히도 자기중심적인 사고다.

다시 화가 치밀어 올랐지만 그런 마음과 달리 송염의 귀는 아버지의 말을 놓치지 않고 있었다.

이런 영상을 담아 메시지를 전할 정도로 중요한 문제는 단 한 가지다.

또 다른 버프!

아버지는 드디어 송염이 기다리고 있던 말을 시작했다.

"난 팔찌가 가진 대부분의 비밀을 풀어냈다. 눈치챘겠지만 팔찌는 지구상에 존재하지 않은 금속으로 만들어졌다. 이 금속은 절대 파괴되지 않는다. 그리고 녹지도 않는다. 오히려 열을 흡수한다. 그렇게 흡수한 열이 버프를 쓸 수 있는 에너지원이다."

아버지의 말대로 여기까지는 송염도 눈치챘다.

송염은 귀를 쫑긋 세웠다.

"여기서 나는 벽에 부딪쳤다. 에너지를 얼마나 집어넣든 팔찌는 내게 판 노파가 알려준 스톤스킨 버프 외에 다른 기능은 없었다. 비밀의 문을 여는 일은 쉽지 않았다. 시간은 하염없이 흘렀고 나는 나이가 먹었다. 그러던 작년 어느 날이었다. 난 한 가지 기발한 생각을 떠올렸다. 에너지가 팔찌가 감당할 수 있는 수준을 넘으면 어떻게 될 것인가에 대한 의문이다. 난 엄청난 고민 끝에 전기로를 구입해서 그 속에 팔찌를 넣고 쇠가 녹는 온도인 1,535도 이상으로 가열했다. 그렇게 꼬박 하루를 가열한 결과는 놀랍다 못해 나를 경악하게 만들었다."

상상도 하지 못할 비밀이 아버지의 입에서 흘러나왔다.

송엽은 홀린 듯 아버지의 말에 귀를 기울였다.

아버지의 설명은 한 시간 가까이 이어졌다.

"비밀은 알아냈다. 하지만 너무 늦었다. 그리고 난 내 나이가 이 비밀을 감당하기에는 너무 많다는 사실을 깨달았다. 자연스럽게 난 너를 떠올렸다. 그동안 팽개쳐 둔 대가라고 하기엔 그렇지만 어쨌든 네가 이 팔찌의 힘으로 행복해 졌으면 한다."

어이가 없었다.

'그런 양반이 내 피 같은 돈 2,000만 원을 대가로 받아가나? 대박 날 것처럼 그렇게 말하면서?!'

아버지는 그 이유도 말해주었다.

"난 에스토니아의 탈린으로 떠난다. 찾을 수 있을지 모르지만 팔찌의 근원을 밝히고 싶어서다. 네가 준 돈은 그 경비로 사용된다. 섭섭하겠지만 팔찌가 있고 네 젊음이 있는 이상 큰 부담은 아니라고 생각한다."

"……."

비밀은 온전히 체득하기 위해서는 시간이 걸린다. 아버지에게 없는 것이 바로 그 시간이다.

"그리고 그것은 한 가지 일에 인생을 바친, 가족마저 버린 못난 사내의 마지막 자존심이다. 염아."

아버지가 처음으로 송염의 이름을 불렀다.

"네 이름은 내가 지은 것이다. 네 이름의 염(琰)은 옥염. 옥이란 뜻도 있고 홀(笏:제후를 봉할 때 의식에 쓰던 물건)이란 뜻도 가지고 있다. 그리고 옥을 갈다라는 의미도 가지고 있다. 난 네가 그 팔찌를 이름처럼 갈고닦아 홀을 든 멋진 사람이 되었으면 한다. 이것이 한 번도 아비 노릇을 하지 못한 못난 아버지의 처음이자 마지막 소망이다."

사랑한다는 말 한마디 없이 아버지가 사라졌다.

*　　　*　　　*

다음 날, 송염은 부평 인근의 농공 단지에 위치한 세한금속을 찾았다.

세한금속은 농공 단지에서도 가장 외각에 위치한 소규모 주물 전문업체였다.

세한금속은 밸브의 핸들휠이나 윙너트, 파이프 행거 등의 작은 기계 부품이나 삼겹살집에서 사용하는 불판이나 솥뚜껑까지 주물로 만들 수 있는 모든 제품을 생산하는 작은 회사다.

즉 쇳물을 녹이는 고주파 유도 전기로를 보유하고 있다는 의미다.

송염이 가까운 서울과 인근의 공장들을 마다하고 부평까지 내려온 이유는 세한금속에 대학 시절 동기 강철중이 근무하고 있어서다.

강철중은 송염과 대학 시절을 함께 보낸 가까운 친구 사이였다.

사무실에서 서류를 정리하고 있던 강철중은 송염을 반갑게 맞아주었다.

"회사 때려치웠다며?"

"그렇게 됐다."

"뭘 해먹고 살려고?"

"먹여 살릴 식구도 없는데 뭘……."

"부럽다. 부러워."

근 세 달 만에 본 강철중은 얼굴이 말이 아니었다.

물론 얼굴이 말이 아니라는 표현은 지극히 상대적인 표현이다. 몸무게가 100킬로그램이 넘고 키도 190센티에 달하는 강철중은 지금도 충분히 위압적인 몸매를 가지고 있었다.

세한금속은 강철중의 아버지가 설립한 회사다. 강철중은 암으로 투병 중이신 아버지를 대신해 회사를 경영하고 있었다.

"아버님 건강은 어떠셔?"

"여전히 안 좋으셔. 아무래도 올해를 못 넘기실 것 같다."

"쩝, 어떻게 하냐."

"어떡하긴. 어쩔 수 없지."

강철중이 가까워진 계기는 바로 그의 성격 때문이다.

강철중은 대책없이 긍정적인 성격의 소유자다.

그래도 아버지의 일이라 말을 그렇게 하면서도 표정은 무척 어두웠다.

"그런 그렇고 무슨 바람이 불어서 이 촌구석까지 왔냐?"

"한 가지 부탁이 있어서……."

"우리 사이에 부탁은 무슨 부탁?"

어머니가 돌아가셨을 때 강철중은 마치 친형제처럼 장례를 도와주었다.

상을 치룬 후 감사를 표하는 송엽에게 강철중은 그때도 지금처럼 아무 일도 아니라는 듯 말했었다.

"너희 회사 용해로 좀 쓰자."

"용해로를? 뭐하게?"

"뭘 테스트 좀 해보려고."

"그래? 흠······. 잠깐만!"

강철중은 무슨 테스트냐는 질문도 없이 작업 스케줄을 확인했다.

"요즘 물량이 늘어서 말이지. 네가 쓰려면 쇳물을 빼내야 하는데······. 흠······. 아무리 봐도 이번 주는 힘들 것 같은데 어떡하냐?"

"상관없어. 아니, 오히려 잘됐다."

송엽은 팔찌를 풀어 강철중에게 건넸다.

"이걸 쇳물에 담궈 봤으면 해서. 불순물 걱정은 안 해도 돼. 녹지 않을 테니까."

"단지 온도만 필요할 뿐이다?"

"맞아."

"그럼 그렇게 해라. 그건 그렇고 이놈 재질이 뭐야? 알루미늄 같기도 하고 마그네슘 같기도 하고······. 아냐, 그러기엔 경도가 상당히 높은데······. 세라믹인가?"

"솔직히 나도 몰라. 그래서 이것저것 알아보려고."

"맨입으로는 안 된다."

"당연하지 인마. 점심 전이면 밥이나 먹자. 내가 사마."

"허, 점심 한 끼로 이 형님의 은혜를 땡치겠다?"

"미친놈. 내 찐하게 한잔 살게."

"크크크크크."

"크크크크."

강철중은 송염은 인근 가든으로 데려갔다.

"여기 오리탕이 기똥차다."

"난 상관없어."

주문을 하고 얼마 후 얼큰하게 보이는 오리탕이 서빙되었다.

"오랜만인데 반주도 한잔해야지."

"나야 상관없지만 너 괜찮겠어? 아직 낮이잖아."

"얌마, 사장 좋다는 게 뭐냐?"

"잘났다. 잘났어."

"그럼 잘났지. 암."

"말이나 못하면……."

강철중의 장담대로 오리탕은 정말 맛있었다. 특히 향기 좋은 미나리를 듬뿍 넣고 살짝 숨을 죽여 들깨 소스에 찍어먹는 맛이 일품이었다.

"정말 괜찮네."

"그렇지?"

강철중이 잠시 망설이더니 말했다.

"너 세은이하고 헤어졌다며?"

"그렇게 됐다."

"쩝 잘 헤어졌다고 말하면 화낼래?"

"크크크. 그러고 보니 헤어지고 난 후 한 번도 생각을 안했다. 나도 어지간히 질렸었나봐."

"보통 아이가 아니니까."

"세인이 이야기는 그만하자."

송염은 그 사람이 없는 장소에서 뒷말을 하는 성격이 아니다. 그 점을 잘 아는 강철중이기에 송염의 의견을 따라주었다.

6시가 되자 직원들이 모두 퇴근하고 공장에는 송염과 강철중만 남았다.

"정말로 도와줄 사람이 없어도 되겠어?"

"응, 괜찮아."

"나라도 남아 도와줬으면 좋겠지만 오늘 밤에 접대가 있어서……. 미안하다."

오히려 고맙다.

강철중이 친한 친구이긴 하지만 아직은 팔찌의 비밀을 공유하고 싶은 생각은 없었다.

"미안하긴. 그냥 담궜다 뺄 거니까 나 혼자서도 충분해."

"그래 그럼 수고해라. 필요한 것 있으면 아까 알려준 공장장에게 전화하고."

"알았어."

강철중이 몸을 돌리다 말고 말했다.

"그 팔찌……."

"왜?"

"아, 아니다. 그럼 수고해라."

끝내 강철중은 팔찌에 대해 묻지 않고 떠났다.

어느 날 갑자기 나타나 출처도 모르는 팔찌를 회사에서 가장 중요한 설비인 용해로에 넣겠다는 친구를 보고도 단 한마디의 질문도 던지지 않았다.

송염은 그런 강철중이 정말로 고마웠다.

강철중은 그만큼 속이 깊은 남자였다.

Chapter 06
진실

텅 빈 공장에 혼자 남은 송염은 팔찌를 용해로에 넣고 변화를 기다렸다.

팔찌를 넣은 지 불과 10초 만에 아버지의 영상이 나타났다. 용해로의 온도는 무려 1,800도. 가스레인지로 10분 넘게 가열해야 흡수할 수 있는 에너지가 단숨에 주입된 증거다.

두 번째 변화는 한 시간 후 생겼다.

"이게 아버지가 말한 사람이군."

아버지가 나타났을 때처럼 용해로를 가득 채운 빛이 생겼다. 그리고 그 빛은 허공에 한 남자의 모습을 그려냈다.

남자는 고대 로마나 그리스 귀족이 입었음 직한 하얀색 천으로 만든 튜닉을 입고 토가를 걸치고 있었다.

송염은 얼른 스마트 폰을 꺼내 카메라 어플리케이션을 실행시키고 녹화를 시작했다.

준비가 끝나자 기다렸다는 듯 남자가 입을 열었다.

"나는 헤르메스 트리스메기스토스(Hermes Trismegistos)다."

"……."

아버지가 설명했던 대로 남자는 알아듣지 못할 언어로 이야기를 시작했지만 송염은 그의 말을 정확히 알아들을 수 있었다.

송염은 어린 시절부터 이상하리만큼 고대의 신비나 비학, 전승 등에 관한 관심이 남달랐다.

신화를 따라, 혹은 전설이나 숨겨진 보물을 찾아 떠나는 영웅이나 보물 사냥꾼에 대한 이야기를 행여 접하기라도 하면 가슴이 두근거리는 것을 숨길 수 없는 그런 아이기도 했다.

그런 송염을 보며 어머니는 유달리 그런 송염의 취향을 무척이나 못마땅하게 여기셨다.

이제 보니 그것이 부전자전을 우려한 어머니의 걱정 때문이었는지도 모른다.

'하긴 아버지가 그런 분야에 빠져 가정을 버리셨으니……. 어쩌면 당연하달까?'

어쨌든 그런 관심 덕분에 송염은 헤르메스 트리스메기스토스란 이름을 알고 있었다.

헤르메스 트리스메기스토스는 세 배 위대한 헤르메스란 의미다.

또한 헤르메스 트리스메기스토스는 헤르메스 토트라고도 불린다.

헤르메스는 그리스 신화 속의 12신 중 하나로 전령의 신이다.

토트는 이집트의 신으로 고대의 기술과 지혜와 학문과 문자를 지배하는 신으로, 죽은 자의 혼의 인도자이다.

즉 헤르메스 트리스메기스토스는 그리스 문명과 이집트 문명이 교류하면서 만들어진 헤르메스와 토토의 신격이 합해져 만들어진 새로운 신이다.

이 헤르메스 트리스메기스토스란 이름은 서양 과학에서 무척 중요한 의미를 지닌다.

그가 서양 과학의 시초라고 할 수 있는 연금술의 신이기 때문이다.

"그런데 그 헤르메스 트리스메기스토스가 신화 속의 신이 아니라 실존하는 인물이란 말이지."

송염은 헤르메스 트리스메기스토스의 말에 귀를 기울였다.

헤르메스 트리스메기스토스의 말은 근 두 시간 가까이 이어졌다.

그의 주장은 크게 두 가지로 나뉘었다.

첫 번째는 팔찌를 어떻게 소유하게 되었는지, 두 번째는 그가 알아낸 팔찌의 사용 방법이다.

헤르메스 트리스메기스토스는 자신을 로마의 옥타비아누스 아우구스투스의 행적을 지근에서 기록하던 사서였다고 소개했다.

훗날 로마의 첫 번째 황제가 되는 옥타비아누스는 불과 20세가 되기 전에 그 유명한 로마제국의 카이사르 시저로부터 자신의 후계자로 지명받은 인물이다.

결국 옥타비아누스는 정적이었던 안토니우스와 이집트의 황제 클레오파트라의 연합군을 악티움 해전에서 격파하고 로마의 유일한 권력자가 되었다.

이후 헤르메스 트리스메기스토스는 옥타비아누스의 명을 받들어 당시 70만 권의 장서를 자랑하는 세계 최대의 도서관이자 박물관이었던 알렉산드리아의 도서관을 방문했다.

"옥타비아누스는 나에게 저 유명한 철학자 플라톤이 만년에 저술한 대화편[크리티아스] 한 구절에서 언급한 아틀란티스에 대한 단서를 조사하도록 명령했다. 지적 목마름에 허덕

이던 나에게 황제의 명령은 타는 사막에 내리는 단비와도 같 았다."

헤르메스 트리스메기스토스는 단숨에 알렉산드리아로 달 려갔다고 한다.

그리고 그곳에서 우연치 않게 기묘한 팔찌를 발견했다.

"팔찌는 위대한 고대의 유산을 담고 있었다. 나는 이 팔찌 가 옥타비아누스의 손에 들어가서는 안 된다고 생각했다. 옥 타비아누스는 겉으로는 로마의 정신인 공화정을 유지하고 있 었지만 마음속으로는 이집트의 지배자처럼 절대 권력을 휘두 르는 황제가 되고 싶어 했다. 팔찌의 힘은 그의 야망을 가속 시킬 것이 분명했다."

헤르메스 트리스메기스토스는 황제를 피해 팔찌를 가지고 몸을 숨겼다.

"나는 북으로, 북으로 도망쳤다. 이 땅은 춥고 어둡고 야만 인들과 늑대와 곰들이 어울려 피의 제전을 펼치는 땅이다. 자 신들을 게르만이라고 부르는 이 야만인들은 나를 산 채로 잡 아먹으려 했으나 나는 팔찌의 힘을 빌려 위기를 넘길 수 있었 다. 게르만 인들은 자신들이 살고 있는 땅을 미드가르드라고 불렀고 나를 그들의 신들이 살고 있는 아스가르드에서 미드 가르드로 내려온 신의 전령으로 생각했다."

안전을 보장받은 헤르메스 트리스메기스토스는 평생을 바

쳐 팔찌의 비밀을 풀기 위해 노력했다.

"나는 수십 년의 연구와 알렉산드리아 도서관에서 가져온 고문서들을 탐독한 결과 팔찌가 고대인의 전쟁무기임을 밝혀 냈다. 또한 인간이 음식을 먹음으로 움직일 수 있는 것과 마찬가지로 팔찌도 열을 흡수함으로서 그 능력을 사용할 수 있다는 사실 또한 알아냈다."

전쟁무기란 단어를 들은 송염은 전율하지 않을 수 없었다.

"빌어먹을 아버지."

아버지는 팔찌가 무기라는 사실을 알고 있었다.

그런데도 아버지는 아무런 설명 없이 팔찌를 던져 놓고 사라졌다.

무책임의 극치다.

헤르메스 트리스메기스토스의 회한과 아쉬움이 반씩 섞인 목소리는 이어졌다.

"팔찌는 마치 살아 있는 것 같았다. 내 말과 행동을 그대로 저장해 놓을 수도 있고 물속에 들어가도 숨을 쉴 수 있게도 해주었다. 아마 내게 남은 시간이 더 있었다면 하늘을 날 수 있었을지도 모른다."

이야기를 이어나가던 헤르메스 트리스메기스토스의 표정이 심각해졌다.

그는 누가 쫓아오기라도 하는 것처럼 옆을 보면서 말했다.

"옥타비아누스 아우구스투스 즉 로마제국의 황제는 날 포기하지 않았다. 그는 게르마니아에 갈리아 원정대를 보내 내가 가진 팔찌를 얻으려 했다. 팔찌가 가진 힘은 강했지만 나는 그 힘을 모두 사용할 줄 몰랐다. 나는 갈리아 원정대를 피해 차가운 북쪽의 바다로 도망치고 또 도망쳤다. 그렇게 도망치기를 몇 년 난 드디어 차가운 북쪽 바다에 길이 막히고 말았다."

차가운 북쪽 바다는 발트해를 의미할 것이다. 그는 현재의 에스토니아까지 도망친 것이다.

"이제 더 도망칠 곳도 힘도 없다."

쾅!

쾅!

쾅!

문을 부수는 소리가 들렸다.

헤르메스 트리스메기스토스의 말이 빨라졌다.

"로마군이 문을 부수고 있다. 난 내가 알아낸 팔찌의 힘을 빌려 이 팔찌를 어둠 속에 감출 것이다. 연자여, 혹여 이 팔찌를 얻는다면 기억해라. 이 팔찌는 인간이 상상하기 힘든 강력한 힘을 가지고 있다. 하지만 연자여, 그 힘에 취하지 말라. 이 힘은 인간의 것이 아니라……."

쾅!

문이 열리고 헤르메스 트리스메기스토스의 등 뒤로 영화에서 봐서 익숙한 로마 병정의 복장을 입은 군인들의 모습이 보였다.

헤르메스 트리스메기스토스가 마지막으로 소리쳤다.

"인간이 아닌 '것'들의 소유물이다! 기억하라!"

말이 끝남과 동시에 영상이 사라졌다.

송엽은 약간은 멍한 상태로 붉고 노랗게 끓고 있는 쇳물을 바라보았다.

헤르메스 트리스메기스토스가 말한 갈리아 원정대의 갈리아는 지금의 북이탈리아, 프랑스, 벨기에 일대, 즉 라인강, 알프스 산맥, 피레네 산맥 및 대서양을 경계로 한 지역을 뜻한다.

이 지역을 정복한 사람은 그 유명한 율리우스 카이사르, 시저로 더 잘 알려져 있는 인물이다.

그는 헤르메스 트리스메기스토스가 말한 옥타비아누스 아우구스투스를 후계자로 삼은 인간이기도 하다.

"쩝!"

송엽은 마른침을 꿀꺽 삼켰다.

쇳물의 열기 때문인지 역사의 일면을 엿본 흥분 때문인지 그의 얼굴을 발갛게 달아올라 있었다.

"노인장에게는 엄청나게 중요한 일이겠지만 나한테는 전

혀 중요한 문제가 아니니 넘어가고……."

송염은 단숨에 헤르메스 헤르메스 트리스메기스토스의 길
고 길었던 이야기 중 곁가지들을 잘라내고 그의 말중 핵심만
을 추려냈다.

황제가 팔찌를 노리고 있었든, 팔찌의 주인이 인간이 아니
든 벌써 2,000년도 전의 일이다. 팔찌의 원 주인은 고대에 사
라졌고 팔찌를 노리던 황제도 이미 2,000년도 훨씬 전에 죽었
다.

"결론은 팔찌의 형태가 변할 때까지 달궈야 한다는 말이
지."

송염은 쭈그리고 앉아 용해로를 바라보았다.

*　　　*　　　*

발밑으로 광활한 대지가 펼쳐졌다.

"……."

송염은 하늘을 날고 있었다.

끝이 보이지 않는 푸른 숲과 숲 사이를 흐르는 맑은 강.

숲 옆 초원을 달리는 수천 마리의 순록 무리.

그리고 그 순록을 쫓는 털가죽을 뒤집어 쓴 인간들.

그들은 에스키모처럼 보이기도 했고 원시인처럼도 보였다.

송염을 발견한 원시인들이 걸음을 멈추고 무릎을 꿇었다.

그들은 손을 들어 송염을 경배했다.

마치 신이 된 기분이었다.

송염은 손을 들어 그들에게 축복을 내렸다.

그 모습을 본 인간들이 눈물을 흘리며 기뻐했다.

세상은 아름다웠다.

다툼도, 욕심도 없었다.

인간은 필요한 만큼만 사냥을 했고 그 사냥물을 공평하게 분배했다.

완전한 평등 사회.

바로 송염이 보고 있는 세상이었다.

하지만 평화는 오래가지 않았다.

세상의 종말이 앞에 있었다.

높고 낮은 산들이 불을 뿜어내기 시작했다.

대지는 불타오르고 태양도 빛을 잃었다.

강이 끓고 바다가 요동쳤다.

인간들은 송염을 보며 구원을 갈구했다.

비천하고 나약한 인간들.

인간을 구하고 싶었다.

송염은 가장 큰 화산으로 날아갔다.

그리고 차고 있던 팔찌를 풀어 분화구에 던져 넣었다.

팔찌가 용암의 열을 빨아들고 화산이 차츰 요동을 멈췄다.

세상은 구원받았다.

대신…….

화끈!

견딜 수 없는 뜨거운 열기가 송염을 휘감았다.

몸이 타들어 갔다.

도저히 견딜 수 없었던 송염은 크게 비명을 질렀다.

"앗! 뜨거!"

우우우우웅!

용해로가 작동하는 소리와 거기에서 뿜어지는 열기가 송염을 꿈속에서 현실로 끌어냈다.

"크, 깜박 잠이 들었나 보네."

시계를 보니 얼추 새벽이다.

송염은 용해로를 확인했다.

"뭐야? 어디 갔어?"

당연히 쇳물 속에서 끓고 있어야 할 팔찌가 보이지 않았다.

다급해진 송염은 쇠파이프를 찾아 쇳물을 저어보았다.

쇠파이프 끝에 무언가 걸리는 물체가 있었다.

송염은 조심스럽게 쇠파이프로 그 물체를 걸어 들어 올렸다.

"……."

물체는 처음에는 로프나 쇠사슬처럼 느껴졌다. 하지만 자세히 보니 뱀처럼 보였다.

송염은 물체를 바닥에 떨어뜨린 다음 조심스럽게 손을 가져다 대고 온도를 느껴봤다.

역시 예상대로 뜨겁지 않았다.

"괜찮아. 그런데 이럴 수도 있나?"

놀랍지만 확실히 팔찌는 뱀으로 변했다.

전체적인 색깔은 팔찌가 가지고 있던 원래의 색인 유백색을 잃지 않았다. 하지만 세부적인 부분은 달랐다.

정교하고 날카로운 두 개의 하얀 독니와 루비로 만든 것 같은 붉은 눈, 긁어내면 당장에라도 벗겨질 것 같은 반투명한 비늘.

보면 볼수록 놀라운 변화다.

한참을 바라보던 송염은 팔찌를 들어 올렸다.

"큭!"

팔찌 뱀이 살아 있는 생명체처럼 꿈틀거리며 송염의 팔목을 감싸고 돌더니 손목을 아홉 바퀴 감고는 멈췄다.

뱀은 자신의 꼬리를 물고 있었다.

멋있기도 했지만 살짝 겁도 났다.

"환장하겠네."

송엽의 말이 끝나기가 무섭게 뱀이 다시 변화를 시작했다.

이번에는 움직임이 아니었다.

뱀은 뜨거운 햇빛에 아이스크림이 녹듯이 녹기 시작했다. 그리고 녹은 뱀은 아차 할 사이도 없이 손목으로 스며들어 버렸다.

"추워."

송엽은 바늘로 온몸을 찌르는 듯한 격렬한 추위를 느꼈다.

그리고 그 순간 의식을 잃었다.

*　　　*　　　*

의식의 저편에서 목소리가 들렸다.

조금은 걸걸하고 투박한 중년 남성의 목소리다.

"저 양반 뭐하는 사람이야?"

"어제 상무님을 찾아왔던 사람이잖아."

"아, 그 뭐라더냐. 친구란 사람?"

"그래, 그런데 왜 여기서 누워 있을까?"

"그야 저도 모르죠."

송엽은 천천히 눈을 떴다.

10여 명의 사람이 주변에 둘러서서 손가락질을 하고 있었다.

송엽은 살짝 손목을 만졌다. 팔찌의 차가움이 느껴졌다.

원래의 모습을 되찾은 팔찌가 손목에 얌전하게 매달려 있
었다.

몸이 말할 수 없이 상쾌했다.

차가운 아침 공기의 분자 하나하나가 직접적으로 느껴졌다.

갑자기 웃음이 나왔다.

"하하하하."

절대 창피해서는 아니었다.

오히려 웃음소리에는 비밀의 끝자락을 엿본 인간으로서의
자부심이 섞여 있었다.

마침 출근해 송염의 몰골을 목격한 강철중이 소리쳤다.

"야, 이 미친놈아. 왜 웃고 난리야."

송염은 대꾸했다.

"아~ 기분 좋다!"

*   *   *

강철중은 송염을 근처 선지해장국집으로 데려갔다.

먼저 주문을 한 강철중이 물었다.

"꼬박 날을 샌 거냐?"

"그렇게 됐어."

"일은 잘됐고?"

"덕분에 잘 마쳤다."

"그럼 됐다. 출출할 텐데 먹자."

뜨뜻한 국물이 들어가자 굳었던 몸이 풀렸다. 송염은 허겁지겁 해장국을 입에 퍼 넣었다.

식사를 마치고 나자 강철중이 다시 물었다.

"이제부터 뭘 할 계획이냐?"

"동식이랑 뭘 좀 해보려고."

"동식이 요즘 논다면서. 우리 회사에 오라고는 했는데 친구가 있으면 오히려 내가 불편하다며 안 온다고 하더라."

"동식이 성격 잘 알잖냐. 네가 이해해라."

강철중과 마동식은 어머니 상 때 송염의 옆을 지켜준 친구들이다.

"하여튼 잘됐으면 좋겠다. 괜찮으면 나도 좀 끼워주고."

"당연하지. 그리고 고맙다. 덕분에 일이 잘 풀렸다. 여긴 내가 계산하마."

"어쭈. 해장국 한 그릇으로 대충 때우려고? 안 되지."

"크, 미친놈."

"이제 알았냐? 내가 미친놈이란 걸."

강철중은 사나운 불곰을 닮은 외모를 가졌지만 성격은 전혀 그렇지 않았다.

그는 돌부처도 형님 할 정도로 유하고 모나지 않은 성격을 가지고 있었다.

그런데 정말로 화가 머리끝까지 솟아 뚜껑이 열리면 이야기가 달라졌다.

송염은 그가 화를 내는 모습을 딱 한 번 본 적이 있다.

대학 시절이었다.

홍대 근처에서 기분 좋게 술을 마시고 집으로 돌아가던 두 사람은 한 할머니가 운영하는 포장마차에서 행패를 부리던 일단의 대학생과 마주쳤었다.

도저히 두고 볼 수 없었던 송염과 강철중은 대학생들을 말렸고 그 와중에 한 대학생이 할머니를 밀쳐 쓰러뜨렸다.

그 모습을 본 강철중의 눈이 돌아갔다. 그는 눈 한번 깜짝하지 않고 포장마차의 긴 의자를 들더니 그 대학생의 머리에 휘둘렀다.

출동한 경찰에 연행된 강철중은 졸지에 폭행범이 되었다.

사정을 들은 경찰들은 강철중의 행동을 옹호하면서도 달리 방법이 없다며 대학생과의 합의를 권했다.

강철중은 단호하게 그 제의를 거절했다.

그는 유약한 성격 뒤로는 사실 뜨거운 불을 품고 있는 천생 사내였다.

결국 강철중은 집행유예로 감옥에는 가지 않았지만 별을 달고 말았다.

하지만 그때 그 일을 두고 강철중은 단 한 번도 후회한다고 말한 적이 없었다.

강철중은 계산하려는 송염을 한사코 말리더니 자신이 계산을 치렀다.

"역까지 데려다 줄게."

"아냐. 좀 걸으련다. 이것저것 생각할 일도 있고."

"알았다. 그럼 또 보자."

강철중은 두 번 권하지 않았다.

1년 만에 본 친구도 아침에 보고 저녁에 또 본 친구처럼 대한다.

두 사람은 그런 관계였다.

"고생해라."

송염이 몇 걸음을 옮겼을 때였다. 강철중의 목소리가 들렸다.

"얌마."

"왜?"

"나, 언제든지 여기 있다."

"……."

강철중은 좋은 놈이었다.

Chapter 07
기막힌 수련

Buffer

　　서울로 돌아온 송염은 일단 집으로 향했다.

　　잠도 부족했고 무엇보다 해야 할 일이 있었다.

　　우선 송염은 욕조에 가득 뜨거운 물을 받았다.

　　"어이는 없지만……."

　　강철중의 공장에서 기절했을 때 송염은 수없이 많은 고대
의 지식을 얻었다.

　　문제는 그 지식이 일종의 자물쇠에 의해 잠겨 있다는 점이
었다.

　　그 지식을 풀기 위해서는 지금 송염이 행하고 방법을 통해

수없이 잠긴 자물쇠를 하나하나 풀어야 했다.

이윽고 물이 채워지자 옷을 벗고 팔찌만 찬 채로 물에 들어갔다.

찬물을 전혀 섞지 않은 뜨거운 물을 잠시 바라보던 송염은 물에 살짝 발을 담갔다.

"정말 미치겠구만."

살이 익을 만큼 뜨거운 물이지만 조금도 뜨겁지 않았다. 착용자의 더위와 추위를 막아주는 능력, 이 또한 팔찌의 능력이다.

송염은 그 물에 몸을 목까지 담갔다.

"정말 해야 하나?"

미친 짓이라고 생각됐지만 달리 방법이 없다.

송염은 몸의 긴장을 풀어 근육을 최대한 이완시킨 다음 입으로 익숙한 한 가지 소리를 냈다.

"쉬~~"

자칫 잘못했으면 쌀 뻔했다.

당황한 송염은 자신도 모르게 얼른 이완시켰던 근육에 힘을 주었다.

그 짧은 순간 피부와 접촉하고 있던 팔찌의 안쪽 면이 수은처럼 녹아 피부로 스며들었다가 근육이 긴장하자 다시 빠져나왔다.

"아~ 정말 돌겠네."

기절해 있던 동안 송엽이 얻은 지식은 매우 간단했다.

팔찌는 인간의 것이 아니다.

그래서 원래의 상태로는 지극히 일부분의 힘.

즉 팔찌 고유의 능력인 스톤스킬 버프와 영상의 녹화 정도의 기능밖에 사용하지 못한다.

팔찌 속에 감춰진 온전한 힘을 얻으려면 신체의 구조를 팔찌의 원래 주인처럼 바꿔야 한다.

신체의 구조를 바꾸려면 팔찌를 흡수해야 한다. 몸에 흡수된 팔찌는 인간의 몸을 팔찌의 원주인과 같은 체질로 바꿔준다.

그런데 흡수 방법이 가관이다.

팔찌를 흡수하려면 온몸의 근육이 완전히 이완되어야 한다.

하지만 인간이 기절하지 않는 이상 몸의 근육을 이완시킬 방법은 없다.

그렇다고 매일 매일 기절할 수도 없는 이상 어떤 식으로든 방법을 찾아야 했다.

헤르메스 트리스메기스토스는 한 가지 방법을 제시했다.

모든 소리는 고유의 특성을 가지고 있고 인간은 그 소리에 반응한다.

예를 들어 인간은 칠판을 분필로 긁는 소리를 들으면 치를 떤다. 무언가 터지는 소리를 들으면 반사적으로 몸의 근육을 긴장시킨다.

또 아이들은 어머니의 쉬～ 하는 소리를 들으면 근육을 이완시키고 오줌을 싼다.

"말이 돼? 쉬～ 소리가 근육을 이완시킨다니……."

처음에는 말도 안 된다고 생각했지만 확실히 효과는 있었다.

방금 전 반사적으로 오금을 조이지 않았다면 송염은 욕조에 실례를 했을 것이 분명했다.

어쨌든 근육이 이완되었다.

송염은 다시 한 번 시도를 했다.

"쉬～!"

미리 대비해서인지 오줌은 참을 수 있었다.

온몸을 나른하게 만든 송염은 팔찌의 변화를 유심히 살폈다.

"기분 나빠."

피부와 접촉하는 부분에서 살짝 녹은 팔찌가 피부를 통해 몸 안으로 스며들었다.

그리고 몸 안에서 어떤 변화가 느껴졌다.

변화를 말로 설명하긴 힘들었다.

"시원… 아니, 상쾌해."

송염은 자신이 느끼고 있는 그 기분을 설명하려 노력했다.

"그래 아마도 해보진 않았지만 박하가 가득 든 샴프를 온몸에 뒤집어쓰면 이런 기분일거야."

의식적으로 긴장을 푸는 행동은 쉽지 않아 오래 지속할 수 없었다.

"하~"

다시 몸에 힘이 들어가자 팔찌가 원래의 모습을 되찾았다.

"방법이 틀리지 않다는 사실은 확인했으니까……."

송염은 다시 몸의 긴장을 풀고 최대한 어머니의 목소리를 흉내 내서 말했다.

"쉬~"

그렇게 얼마가 지났을까.

뜨거웠던 물이 미지지근하게 식었고 '쉬~'를 반복해도 근육이 이완되지 않았다.

이리저리 몸을 움직여 봤지만 별로 달라진 점은 없었다.

"하긴, 한 번으로 되겠어?'

송염은 식은 물을 버리고 다시 뜨거운 물을 보충했다.

수련은 많은 시간을 투자해 오래할수록 효과가 좋다.

마음이 급했던 송염은 욕조 안에서 날을 샐 준비가 되어 있었다.

＊　　　＊　　　＊

그때 전화벨이 울렸다.

핸드폰 화면에 뜬 숫자는 처음 본 번호였다.

"여보세요?"

"송염 씨 되십니까?"

유달리 가는 목소리의 남자가 송염을 찾았다.

"네. 그렇습니다만⋯⋯. 누구십니까?"

"전 부여 법률사무소의 변호사 한성재라고 합니다."

"부여 법률사무소. 한성재 씨라구요?"

머리를 굴려봤지만 한성재란 이름을 들어본 기억은 없다. 송염의 인생에 변호사란 존재는 없었다. 그러니 변호사가 자신을 찾을 일도 없다.

'보이스 피싱 아냐?'

송염은 미련없이 전화를 끊으려 했다. 하지만 이어서 들려오는 목소리 때문에 그럴 수 없었다.

"전 이현빈 씨의 대리인입니다."

"⋯⋯."

"몸은 괜찮으십니까?"

이현빈은 벤틀리를 타던 청년의 이름이다.

"괜찮습니다."

"병원은 방문하셨습니까?"

"아닙니다. 다치지 않았으니까요."

"정말 다행입니다."

"제 몸 상태를 확인하시려고 전화를 하신 겁니까?"

"그렇습니다만 다른 용건도 있습니다."

"……."

불길한 예감이 들었다. 그리고 그 예감은 사실로 드러났다.

"일전 사고로 인한 차량 수리비는 송염 씨께서 지불하시기로 하셨고 이현빈 씨의 전화번호를 받아 가셨습니다. 맞습니까?"

"그… 그렇습니다."

"그런데 전화를 한 번도 하지 않으셨더군요."

전화 속 목소리에서 가시가 느껴졌다.

"아……. 네, 제가 좀 바빠서요."

솔직히 핑계였다.

교통사고 후 벤틀리라는 차가 얼마나 비싸고 수리비가 얼마나 많이 나오는지 알게 된 송염은 의식적으로 전화하길 피했다.

무책임하고 자존심 상하지만 그저 유야무야 넘어가길 바랐던 것이다.

한성재가 사무적으로 말했다.

"차량 수리비 총액은 67,542,459원입니다. 그리고 수리 기간 동안 임시로 사용한 동급차량의 렌트 비용이 27,000,000원입니다."

"……."

변호사의 목소리가 웅웅거리며 고막을 진동시켰다.

"총액은 94,542,459원입니다. 언제까지 지불하실 수 있으신지요."

상상을 초월한 금액에 송염은 말을 잇지 못했다.

"네? 네……."

변호사가 그럴 줄 알았다는 어조로 말했다.

"구두 약속도 법적 효력이 있다는 사실은 알고 계시겠지요? 우선 저의 재량으로 일주일을 더 드리겠습니다. 문자로 계좌번호를 알려드릴 테니 입금 부탁드리겠습니다. 혹시나 해서 드리는 조언입니다만 입금이 되지 않으면 즉각 법적 조치에 들어갈 예정이니 불미스러운 일이 생기지 않도록 잘 부탁드립니다."

곧이어 날아온 1억 원에 달하는 거금이 찍힌 문자가 송염의 사고를 마비시켰다.

지금 송염이 가진 돈은 원룸 월세 보증금 3,000만 원과 퇴직금 그리고 약간의 저축이 전부다.

　머릿속에서 아버지와 강철중의 얼굴이 어지럽게 교차했다.

　"안 돼."

　송염은 손으로 머리를 두드렸다.

　아버지는 고사하고 강철중을 떠올린 자신이 실망스러웠다.

　"돈을 벌어야 해."

　송염은 팔찌를 쓰다듬었다.

　"그것도 아주 최대한 신속하게 빨리."

　말은 그렇게 하면서도 송염의 시선은 핸드폰에 멈춰 있었다.

　"자존심이 밥 먹여주는 것 아냐."

　이를 악문 송염은 전화를 걸었다.

　대여섯 번 벨이 울리자 상대방이 전화를 받았다.

　"누구십니까?"

　"안녕하십니까. 이현빈 씨. 전 송염이라고 합니다."

　"송염이라……. 아~! 그때 그분!"

　"네, 맞습니다. 가로수길에서……."

　"안 그래도 전화를 한 번 드린다고 생각만 하고 실천을 못했습니다. 미안합니다. 그건 그렇고 몸은 좀 어떠십니까?"

당시에도 느꼈지만 정말 예의 바른 사람이다.

"전 괜찮습니다. 아무렇지도 않습니다."

"정말 다행입니다. 그런데 무슨 일로 전화를 주셨습니까?"

자칫 잘못했으면 욕을 퍼부을 뻔했다.

변호사를 시켜 1억의 수리비를 청구해 놓고선 모른 척한다.

불편한 일은 변호사에게 착한 일은 직접. 이것이 부자들의 본성인가 싶었다.

하지만 그렇다고 화를 낼 수는 없었다.

분명 잘못한 사람은 송엽 자신이었고 수리비를 받지 않겠다는 호의를 거절한 이도 바로 자신이었다.

"방금 전 한성재 변호사가 전화를 해왔습니다."

"한 변호사님은 절 도와주시는 분이신데 그분이 왜 전화를……."

이현빈은 한성재가 전화를 한 사실을 정말로 모르는 것 같았다.

일말의 희망이 생겼다.

송엽은 최대한 정중하게 말했다.

"대략 1억 원의 수리비와 차량 렌트 비용이 발생했다고 말씀하시면서 지불을 요청하셨습니다. 솔직히 말씀드려서 저에게는 지금 그만한 돈이 없습니다."

"아, 그랬군요. 제가 지나가는 말로 사고 이야기를 했더니 변호사 기질이 발휘되었었나 봅니다. 신경 쓰지 마십시오. 제가 말해두겠습니다."

"……"

말문이 막혔다.

하지만 막혔던 숨통은 트였다.

정말 고마운 일이다.

송염은 진심으로 이현빈에게 감사를 전하고 싶었다.

보이지는 않지만 핸드폰 저 너머에 있는 이현빈에게 절이라도 하고 싶은 심정이었다.

그때 전화기를 들고 있는 손의 손목에 채워진 팔찌가 눈에 들어왔다.

"……"

송염의 입에서 자신이 의도하지 않았던 말이 튀어나왔다.

"뭔가 오해가 있었나 보군요. 전 수리비를 지불하겠다고 약속드렸고 그 약속을 지킬 생각입니다. 다만 시간이 필요할 뿐입니다."

"……"

송엽의 말이 뜻밖이었는지 이현빈은 잠시 말이 없었다.

몇 초의 시간이 흐른 후 이현빈이 말했다.

"시간이 얼마나 필요하십니까?"

"정확히 1년입니다."

"1년이라고 말씀하셨습니다."

"그렇습니다. 더도 말고 덜도 말고 딱 1년입니다."

"좋습니다. 그렇게 하죠. 하지만……."

"……."

"송엽 씨."

"말씀하십시오."

"전 너그러운 사람입니다. 하지만 약속을 어기는 사람을 경멸하는 사람이기도 합니다. 당신은 제가 베푼 호의를 거절해 놓고 약속까지 어겼습니다. 두 번째 약속은 그렇게 되지 않기를 바랍니다."

"……."

정이 담겨 따뜻했던 이현빈의 목소리는 싸늘하게 식어 있었다.

대꾸할 수 없었다.

이현빈의 말에 틀린 점은 없었다.

송엽은 티끌만큼의 값어치 없는 자존심에 사로잡혀 그의 호의를 거절했고 약속까지 어겼다.

그리고 그런 행동을 다시 반복했다.

송염은 이를 악물었다.

"그런 일은 없을 겁니다. 1년 후 뵙겠습니다."

전화가 끊겼다.

Chapter 08
시작

버퍼
Buffer

"1년."

1년이란 시간과 정해진 1억이란 돈이 주는 압박감은 대단
했다.

1억!

많다면 많고 적다면 적은 돈이다.

물론 송염에게 1억은 1,000억 같은 거액과 마찬가지로 현
실감이 없는 돈이기도 했다.

"달라질 건 없어."

송염은 마음을 편하게 먹었다. 팔찌의 능력을 안 순간 송염

은 한 가지 시나리오를 짜두었다.

　그 시나리오대로 상황이 잘 흘러가 준다면 1억은 그리 걱정할 필요가 없는 돈이다.

　"동식이가 허락을 해야 할 텐데……."

　친구인 마동식은 송염의 계획에서 없어서는 안 되는 매우 중요한 존재였다.

　송염은 친구 마동식에게 전화를 걸었다.

　벨이 채 한 번 울리기도 전에 마동식 특유의 가늘지만 거친 목소리가 들렸다.

　"왜 전화했냐?"

　"술 한잔하자."

　"나, 돈 없다."

　"내가 살게."

　퉁명스러웠던 마동식의 목소리가 미미하지만 밝아졌다.

　"정말이냐?"

　"그래, 임마! 싫어?"

　"안 싫다. 어디로 가면 되나."

　"내가 그쪽으로 갈게."

　"나야 좋다."

　송염과 마동식의 집은 걸어서 불과 15분 거리다.

약속장소를 정한 송염은 다시 물었다.

"아, 그리고 요새 순실이, 아니, 희진이는 어때?"

"아르바이트가 없어서 학교 끝나면 일찍 들어온다."

"그럼 희진이도 오랜만에 얼굴이나 보자. 데리고 나와라."

"알았어, 연락해 둘게."

송염은 다시 욕조에 뜨거운 물을 받고 '쉬~' 수련을 다시 시작했다.

*   *   *

마동식은 탈북자다.

그는 3년 전, 사선을 수십 번이나 건너 여동생과 함께 탈북해 한국으로 왔다.

송염이 마동식을 알게 된 계기는 그의 여동생 마희진─촌스럽다고 한국에 와 마순실에서 마희진으로 이름을 바꿨다─때문이다.

희진은 대학에 입학하기 전 송염이 다니던 회사에서 잠시 일한 적이 있다.

송염이 희진을 처음 봤을 때 느낀 첫인상은 좋게 말하면 대한민국 여성들에게서 찾아보기 힘든 순박함이었고 나쁘게 말하면 촌스러움이었다.

당시 30여 명의 현장근로자를 거느린 신참 생산라인 담당 기사였던 송염은 그녀가 탈북자란 사실을 알고 조금 더 마음을 썼다.

수당 때문에 경쟁이 치열한 잔업에 더 참가할 수 있도록 더 배려했고 직무도 조금은 수월한 공정에 배치했다.

하지만 이것은 근로자들의 속성을 모른 송염의 실수였다.

생산라인 근로자 대부분을 차지하고 있던 조선족 아주머니들은 희진이 송염에게 꼬리를 쳐 이득을 본다고 생각하고 그녀를 배척하며 따돌렸다.

속칭 왕따를 당한 것이다.

송염이 그 사실을 알게 된 것은 어느 날 점심시간에 찾아온 마동식 때문이었다.

마동식은 170센티도 안 되는 키에 몸무게가 60킬로그램이 채 안 나가는 왜소한 체구, 가무잡잡한 피부를 가진 남자였다.

분명 보잘것없는 그였지만 송염은 그에게 날카로운 검 같은 살벌한 느낌을 받았다.

마동식의 손에는 그가 풍겨내는 살벌함과 어울리지 않게 자양강장제 한 박스가 앙증맞게 들려 있었다.

송염에게 정중하게 인사를 한 마동식은 조선족 아주머니들이 희진을 북한 거지, 창녀라고 부르며 괴롭힌다고 하소연

했다.

"에미나이래 절대 말하지 말라고 했는데 밤마다 우는 모습을 보자니 너무 복장이 터져서 이렇게 찾아왔습네다. 복무원 동지, 아니……. 송 기사님."

마동식의 살벌함에 잔뜩 겁을 먹었던 송염은 의외로 순하디순한 그의 북한 사투리에 안도했다. 그리고 한편으로는 희진을 괴롭혔다는 조선족 아주머니들에게 화가 치밀었다.

그렇지 않아도 조선족 아주머니들은 송염에게 큰 골칫거리였다.

그녀들은 한국이 자신들에게 무슨 빚이라도 있는 것처럼 생각했고 자신들의 생각을 그대로 행동에 옮겼다.

회사에서도 조선족 아주머니들은 불평불만의 대명사였다.

그녀들은 자신들이 같은 동포고 먼 대한민국까지 찾아와 일을 하고 있으니 불쌍하고 그래서 대접을 받아야 한다고 주장했다.

그러면서도 태국, 방글라데시, 인도네시아 등에서 온 산업연수생들에게는 자신이 회사의 주인이라도 되는 양 텃세를 부려댔다.

화가 난 송염이 자리를 박차고 일어나려 하자 마동식이 황급히 말리며 말했다.

"북한에서 굶고 헐벗었던 주제에 배부른 이야긴 줄은 압네

다. 그래도 에미나이래 내 동생 아니겠슴까? 그래서 염치불
구하고 송 기사님께 부탁을 하러 찾아왔슴다."

"말씀하세요."

마동식이 잠시 망설이더니 말했다.

"우리 에미나이를 어려운 작업에 넣어주시라요. 우리 에미
나이가 그래 야리야리하게 보여도 손도 빠르고 머리도 꽤 좋
잖슴까. 잔업도 혹시 빈자리가 있으면 써주시고 말입네다."

희진은 확실히 작고 가냘픈 몸매의 소유자였다.

송염은 마동식의 말을 듣는 순간 하마터면 울 뻔했다.

잘 보살펴 달라는 말이 아니었다. 더 어렵게 만들어 달라는
말이었다.

마침 품질보증부에서 검사를 할 여직원을 뽑는다는 이야
기가 생각났다.

품질 검사원은 특별한 기술보다는 측정기기를 다룰 머리
와 성실함이 요구되는 자리다.

마동식을 돌려보낸 송염은 품질보증부에서 근무하던 동기
를 찾아갔다.

송염의 말을 듣고 분개한 동기는 상사에게 말해 희진을 바
로 검사원으로 이동시켰다.

생산직에서 기술직 사원이 된 희진은 정말 열심히 배우고
일했다.

그녀는 2년 동안 회사를 다니면서 열심히 공부를 했고 그동안 모은 돈으로 대학에 입학까지 하게 된 것이다.

*　　　*　　　*

　마동식은 약속장소인 1인분에 3,000원짜리 삼겹살집 앞에 이미 도착해 초조하게 송염을 기다리고 있었다.

　"빨리 왔네?"

　"할 일도 없고 해서 빨리 왔다."

　마동식이 군인처럼 짧게 깎은 머리를 긁적이며 멋쩍은 웃음을 지었다.

　그 모습은 소위 깍두기라고 불리는 건달이 애교를 부리는 모습처럼 보여 어색하기만 했다.

　"들어가서 기다리지, 왜 여기 있어?"

　"아~ 그냥……."

　다니던 공장의 부도로 집에서 쉰 지 벌써 두 달째인 마동식의 주머니 사정을 잘 알면서 괜한 질문을 했다 싶었다.

　송염은 마동식의 어깨를 두드리며 말했다.

　"그래, 들어가자."

　"알았다."

　자리를 잡고 앉자 마동식이 물었다.

"무슨 바람이 불어서 전화질이냐?"

"할 이야기가 있어서. 그나저나 너, 못 본 사이에 너 말 많이 늘었다."

"그렇지? 노력 많이 했다. 그래도 툭 툭 북한사투리가 튀어나오곤 한다."

"크크크크. 그래도 네가 서울 말씨를 쓰니까 좀 이상하긴 하다."

"크크크크크. 그래, 무슨 일로 불렀는데? 좋은 일이야, 나쁜 일이야?"

"좋은 일이라고 해두자. 우선 먹자."

불판이 달궈지고 삼겹살이 익기 시작했다.

마동식은 채 익지도 않은 삼겹살을 입으로 쓸어 넣었다.

"천천히 먹어라."

"고기는 불기운만 닿으면 먹을 수 있는 법이다."

핏기만 겨우 사라진 삼겹살이 연신 마동식의 입으로 사라졌다.

마동식은 먹는 것만 보면 성격이 바뀐다.

아마도 북에 있을 때 굶주렸던 기억이 행동으로 나타나는 것 같았다.

"희진이는?"

"올 때가 됐는데······."

막 식당으로 들어오는 희진을 발견한 마동식이 손을 흔들었다.

"아, 왔다. 순실··· 아니, 희진아, 여기 여기."

"오빠, 왜 이름을 부르고 그래, 창피하게······."

자리에 앉은 희진이 송염에게 인사를 했다.

"염 오빠, 오랜만이야."

오랜만에 본 희진은 소녀의 티를 벗고 완연히 여성이 되어 있었다.

"근 6개월 만인가? 어때 대학 생활은?"

"학교, 알바, 학교, 알바. 쳇바퀴 도는 생활이지 뭐. 오빠 뭐하고 지내? 회사 그만뒀다는 이야기는 철중 오빠에게 들었어."

송염을 통해 마씨 오누이를 알게 된 강철중 역시 친구로, 오빠로 지내고 있었다.

"뭐, 그렇지. 너, 배고프지? 아주머니 불판 갈아주시고 삼겹살 5인분 더 주세요. 소주도 한 병 주시고요."

불판이 바뀌고 삼겹살이 도착하자 동식이 삼겹살을 불판에 올리며 말했다.

"염이가 산다니까 많이 먹어라."

"아이참, 오빠는······. 염 오빠, 잘 먹을게. 저희 남매는 먹는 것 앞에서는 얼굴에 철판 까는 것 알지?"

정말이다. 이 남매는 정말 목숨을 걸고 먹는다.

"특히 얻어먹을 때는!"

"호호호호, 맞아요. 아, 배고파!"

오빠만큼이나 희진도 대식가였다. 저 가녀린 몸에 어떻게 저만큼의 고기가 들어가는지 신기하기까지 했다.

"쳐다보지만 말고 오빠들도 먹어요."

연신 쌈을 싸 입에 가져가는 와중에도 희진은 두 사람에게 쌈을 싸주고 소주잔을 채워주었다.

'정말 예뻐졌네.'

희진은 눈이 번쩍 뜨일 만큼 아름다운 여성으로 변해 있었다.

검게 그을렸던 피부가 하얀색 제 색깔을 찾았고 거칠던 머릿결도 윤기가 흘렀다.

동대문시장 리어카에서 샀을 옷도 입는 센스가 좋아서인지 여느 명품 못지않게 잘 어울렸다.

다만 한 가지 아쉬운 점은 삼겹살을 서너 점씩 올려 쌈을 싸는 손이었다.

희진의 손은 여자의 손이라고는 믿겨지지 않을 만큼 상처투성이였고 그나마 왼손 검지와 중지가 보기 흉하게 휘어 있어 잘 구부려지지 않았다.

'꽃제비 생활 때 얻은 상처라고 했던가······.'

북한에 있을 때 두 사람은 부모님을 잃고 꽃제비 생활을 했다고 했다.

이름만 들어서는 아름답기까지 한 꽃제비는 20대 미만의 어린 거지를 부르는 북한 말이다.

송염이 알아본 바에 의하면 꽃제비는 유랑, 유목, 떠돌이라는 뜻을 가진 러시아어 '꼬체비예(*Кочевье*)'가 북한말로 변형되었다고도 하고, 중국조선족들이 중국어로 거지를 의미하는 '후와즈(花子)'에서 꽃이라는 단어와 '잡이'나 '잽이'가 합쳐져 만들어 졌다고도 했다.

'어원이야 어떻든지 간에 지상낙원이라고 선전하는 북한에 거지가 있다면 말이 안 되니 억지로 붙인 말이겠지.'

둘 다 외아들인 송염과 강철중에게 희진은 친여동생이나 다름없었다.

그래서 두 사람은 희진의 손가락을 고쳐주려 한 적이 있었다.

여자에게 아름다운 손이 얼마나 중요한지 잘 알아서다.

그 말을 꺼내자 희진은 기뻐하면서도 이렇게 말했었다.

"감사해요. 하지만 나중에 아주 나중에 제가 돈을 벌어서 고칠래요."

"왜?"

"잊지 않으려고요."

"……."

"이 손을 볼 때마다 지금 내가 얼마나 행복한지 잊지 않으려고요."

그 말을 듣는 순간 가슴이 먹먹하고 뒤통수를 망치로 얻어맞은 기분이 들었었다.

송염은 아빠 같은 혹은 친오빠 같은 마음으로 연신 쌈을 입으로 가져가는 희진을 바라보았다.

주문했던 삼겹살이 모두 모습을 감추고 한숨 돌릴 즈음 송염은 미뤄놓았던 용건을 꺼냈다.

"동식아, 너 나랑 일 좀 해보지 않을래?"

"무슨 일이냐?"

"돈 버는 일."

마동식이 자세를 바로 하고 송염 쪽으로 몸을 굽혔다.

"뭐냐 자세히 말해봐라."

"다름이 아니라……. 너 나랑 차력쇼 좀 하자."

"차력쇼가 뭔지 모른다."

옆에서 보고 있던 희진이 핀잔을 주었다.

"오빠… 차력쇼도 몰라?"

"음, 모른다."

한국에 온 지 3년이 됐지만 쭉 공부를 한 희진과 달리 책을 놓고 곧장 생활전선에 뛰어든 마동식은 아직도 모르는 단어가 많았다.

"차력쇼는 목에 철근을 끼우고 휘거나 야구방망이로 허벅지를 내려쳐 부러뜨리거나 하는 거야. 유리병을 깨서 그 위를 걷기도 하지. 하여튼 극한까지 단련시킨 몸으로 쇼를 보여주고 돈을 받는 거지."

"내가 그런 일을 어떻게 하나. 난 그런 기술할 줄 모른다."

"절대로 안 아파. 다 방법이 있어."

"아무리 그래도……."

설명을 들은 마동식이 손사래를 쳤다.

송염은 마동식의 탐탁찮은 반응에 자신이 가지고 있는 힘의 일부를 이들에게는 보여야겠다는 결론을 내렸다.

'어쩔 수 없어. 믿는 수밖에.'

송염은 주전부리로 나왔던 메추리알을 하나 집어 들었다.

'스톤스킨.'

메추리알에 버프가 걸렸다.

송염은 메추리알을 탁자에 놓고 그 위에 접시를 놓았다.

"눌러봐라."

마동식이 송염의 말대로 접시를 눌렀다.

"⋯⋯."

"세상에⋯⋯."

희진이 호들갑을 떨며 접시를 들어 올렸다. 당연히 메추리
알은 실금 하나 가지 않고 멀쩡했다.

희진은 믿기지 않는지 이번에는 수저를 들고 수저의 옆으
로 메추리알을 두드렸다.

역시 메추리알은 끄떡도 하지 않았다.

희진이 물었다.

"어떻게 한 거야?"

"아직 이야기해 줄 순 없어."

송염은 이렇게 말한 뒤 다시 두 사람을 둘러보았다. 그의
행동을 직접 보고 난 이후 여전히 불안하긴 하지만 조금은 믿
는 눈치를 보이는 두 사람이었다.

희진이 다시 물었다.

"믿기지 않아요. 정말 안 다쳐요? 무엇보다 사기 아니에
요?"

송염은 대답 대신 마동식에게 물었다.

"내가 거짓말하는 것 봤어?"

"아니. 못 봤다. 그렇지만 워낙 황당한 이야기라서 보고도
믿기가 힘들다."

"그래서 안 할 거야?"

송염이 다그치자 마동식이 결정을 내렸다.

"아니다. 하자! 하고 말고. 너도 알다시피 지금 내가 찬물 더운물 가릴 상황인가?"

"좋아. 그럼 내일 점심때 홍대 앞 놀이터에서 보자. 그리고……."

송염은 마동식에게 10만 원을 내밀었다.

"그럴싸한 도복 좀 사 입고."

"알았다. 그런데 밥은 안 먹나? 여기에 밥 볶으면 맛있다."

"도복은 검은색으로 사라. 그리고 밥 시켜라."

허락이 떨어지자 정작 밥 이야기를 꺼낸 마동식보다 희진이 더 좋아했다. 희진은 밝은 목소리로 종업원을 불렀다.

"아주머니 여기 밥 여섯 공기만 볶아주세요."

마동식과 희진은, 질리다는 표정을 감추지 못하고 밥을 볶아준 아주머니의 시선을 뒤로하고 마냥 흐뭇한 표정으로 볶음밥을 해치웠다.

희진은 열심히 수저를 놀리면서도 오빠에 대한 당부를 잊지 않았다.

"우리 오빠 다치면 안 돼. 알았지?"

"알았어. 어서 먹기나 해."

"응. 근데 이 집 정말 맛있다."

객관적으로 말해 이 집 볶음밥은 맛이 별로였다.

하지만 북에 있을 때 개똥을 뒤져 나온 호박씨까지 주워 먹었다는 희진이다.

그러니 뭔들 맛이 없겠는가.

정말 먹는 것 하나는 정말 잘하는 오누이였다.

*　　*　　*

다음 날.

홍익대학교 정문 앞 홍익어린이공원, 속칭 홍대 앞 놀이터으로 두 명의 남자가 나타났다.

검은 도복을 입은 송염과 하얀색 도복을 입은 마동식이다.

송염은 커다란 피켓까지 준비했다.

피켓에는 촌스러워 보이는 원색으로 이렇게 적혀 있었다.

묘향산에서 50년간 수련한 정통 도사! 마 도사!

"어째 대놓고 사기꾼이라고 광고하는 것 같다."

"마 도사, 왠지 악당 같고 신비해 보이고 어감도 좋잖아."

동식의 항의를 가뿐히 무시해 준 송염은 소도구로 준비한 철근과 야구방망이 맥주병들을 늘어놓고 손님을 모으기 시작했다.

"우리 도사님으로 말씀드릴 것 같으면 이산에서 찔금, 저 산에서 찔금 수련한 인내심 없는 여느 도사들과 달리 오로지 묘향산! 묘향산에서 엉덩이 굳게 붙이고 무려~! 50년간 수련 하신 진퉁 도사님이십니다."

워낙에 두 사람이 허술하고 불쌍해서인지 아니면 요즘은 멸종하다시피 한 도사가 나타나서인지 주말 데이트를 위해 모여든 남녀들이 몰려들었다.

"도사래."

"요즘 세상에도 도사가 있나?"

"수도를 50년 했으면 나이는 그보다 더 됐다는 말이잖아."

"근데 젊어 보이는데?"

"크크크, 게다가 묘향산이래잖아. 묘향산은 북한에 있는 산이야."

"그렇네. 사기를 치려면 제대로 치든지. 묘향산이 뭐야, 묘향산이."

"저 사람들 개그맨 지망생인가 봐."

"듣고 보니 그럴 수도 있겠다. 말도 그렇고 피켓도 그렇고… 개그맨 지망생들이 연습 삼아 사람들 앞에서 공연을 많이 한다고 하더니……."

구경꾼들이 뭐라고 떠들던 말든 예상보다 많이 모인 인파에 송염은 한껏 고무된 상태였다.

"저희 도사님은 허접한 다른 도사들과 달리 약 따위는 팔지 않습니다. 그저 수련의 성과를 여러분께 보여드리고 평가를 받고 싶을 뿐입니다. 방법은 간단합니다. 여기 있는 도구를 사용해서 도사님을 힘껏! 마음껏! 요령껏! 패시면 됩니다. 혹시라도 도사님이 인상을 찌푸리거나 아프다고 소리치면 수련이 부족하신 것이니 마음껏 비웃어 주시고 아무렇지도 않게 견디시면 박수와 함께 생소한 대처 생활에 필요한 약간의 성의만 보여주시면 됩니다."

송염이 전형적인 약장수 멘트를 끝내고 준비한 소도구들을 늘어놓자 지적이 쏟아졌다.

"50년이나 수련을 했다면서 나이가 너무 젊어 보이는데요."

"그러니 도사죠."

"묘향산은 북한에 있는 산인데 말이 됩니까?"

"우리 도사님은 국가정보원에서 보증하는 100퍼센트 순수 혈통을 자랑하는 북한 태생이십니다."

"……."

뜻밖의 대답이었는지 잠시 침묵이 흘렀다. 하지만 구경꾼들은 송염의 대답을 개그로 받아들인 모양이었다.

곧바로 다시 질문이 이어졌다.

"도사님 옷 뒤에 철권체육관이라고 적혀 있는데 태권도 도장 이름 아닙니까?"

"별것 아닌 작은 일은 그냥 넘어가는 대범한 아량이 필요합니다. 그리고 하나하나 일일이 신경 쓰는 남자는 좀생이 같다고 여자가 싫어합니다."

"그러다 다치면 개값 물어야 하는 것 아닙니까?"

"우선 도사님은 개가 아닙니다. 그리고 각서라도 써드리지요."

송염의 장담이 통했는지 아니면 굳은 표정으로 서 있는 마동식의 작지만 다부진 몸을 알아차리고 안심이 됐는지 한 건장한 청년이 앞으로 나섰다.

청년은 아직 아침저녁으로는 쌀쌀한 날씨임에도 몸에 꼭 달라붙은 쫄티를 입고 있었다.

운동깨나 했는지 청년이 움직일 때마다 쫄티 위로 우락부락한 근육이 춤을 췄다.

"용감한 청년이 앞으로 나섰습니다. 대단합니다. 아마도 운동을 전문적으로 하시는 분 같군요. 맞습니까?"

"대충 그렇습니다. 정말 여기 있는 것들 중 아무거나 들고 때려도 된다는 말이죠?"

"맞습니다. 머리부터~ 발끝까지~ 아무 데나 때리셔도 됩니다."

청년은 지켜보는 사람들에게 확인까지 했다.

"다들 들으셨죠? 혹시 불상사가 생기면 증인이 되어 주셔
야 합니다."

"알았어요."

"걱정 말고 어서 하기나 해요."

"그럼 합니다."

소도구들을 살핀 청년은 대뜸 철근을 잡았다.

그는 철근을 시멘트 바닥에 탁탁 치며 이상이 있는지 확인
한 다음 말했다.

"난 이런 장난으로 돈 버는 인간들을 별로 안 좋아하거든.
사지 멀쩡하면 공사판에 가서 등짐이라도 지든지. 내가 못 때
릴 것 같지?"

인상을 돌변한 청년은 반말을 찍찍 내뱉으며 마동식에게
다가갔다.

확연히 변한 청년의 모습에 마동식이 긴장했다.

마동식이 송염에게 다가와 귀에 대고 속삭였다.

"정말 괜찮은 거야?"

"걱정 마! 안 아프대도."

"아무리 그래도⋯⋯. 저거 맞으면 나 죽어."

"괜찮아. 절대로 괜찮아."

"⋯⋯."

마동식이 눈을 질끈 감고 송염에게 배운 대로 두 손을 앞으로 뻗은 다음 기마자세를 취했다.

　청년이 두 손으로 철근을 잡고 야구 스윙 자세를 취했다. 말은 험하게 했지만 머리나 허리를 때릴 순 없었는지 청년은 마동식의 허벅지를 노리고 있었다.

　"절대로 딴소리하기 없깁니다."

　"당연합니다. 하지만!"

　송염은 청년의 앞을 가로막고 섰다.

　그러자 청년이 자세를 풀더니 웃음을 터뜨렸다.

　"보셨죠? 여러분, 이놈들 이런 식으로 쉽게 돈 벌려는 쓰레기들입니다. 처음부터 맞을 생각 자체가 없었다구요."

　청년의 말이 먹혔다. 구경꾼들이 흩어지기 시작했다.

　"그러네."

　"순 사기 아냐."

　"가자, 가."

　산통이 깨지기 일보 직전이다.

　송염은 얼른 소리쳤다.

　"절대 사기 아닙니다! 아까도 말씀드렸다시피 도사님께서는 생소한 대처생활에 필요한 약간의 성의가 필요하십니다. 오고가는 현찰 속에 꽃피는 정의 사회란 말도 있지 않습니까? 시범을 보여드리기 전에 먼저 성의를 약속해 주시는 것이 순서인 것 같습니다."

당사자가 아닌 사람은 책임이 없으니 발언이 자유로운 법이다.

구경거리를 놓쳐 김이 빠졌던 사람들이 이때다 싶었는지 청년을 압박하기 시작했다.

"듣고 보니 그러네."

"하긴, 사람을 철근으로 패는 건데. 맨입은 도둑놈이지."

"아저씨, 약속해요."

"때리고 아무렇지도 않으면 얼마 낼 거요?"

청년은 기가 찼는지 실소를 내뱉었다. 그는 길게 생각하지도 않고 말했다.

"허, 내참, 견디면 10만 원 내죠. 됐습니까?"

송염은 손뼉을 쳤다.

"생김새에 비해 약소하지만 어쨌든 좋습니다. 여러분! 여러분이 증인이 되어 주십시오."

"좋아!"

"어서 해라."

클라이막스는 천천히 그러면서도 예상치 않은 순간에 갑자기 오는 것이 좋다.

"좋습니다. 그전에!"

송염은 청년에게 철근을 받아들고 구경꾼들에게 일일이

확인시켰다.

"철근 맞습니까?"

"내가 예전에 공사판에서 막노동을 해본 경험이 있어서 아는데 철근 확실합니다."

"옆에 여자분, 철근 맞습니까?"

"그런 것 같네요."

확인이 끝나자 송염은 철근을 다시 청년에게 넘겨주고 소리쳤다.

"지상 최대의 쇼가 펼쳐집니다. 개봉박두."

큰 소리를 치면서 송염은 마동식을 보며 마음속으로 소리쳤다.

'스톤스킨.'

평소와 달리 빛은 없었다. 송염은 빛을 차단하기 위해 팔찌에 검은 천을 겹겹이 두른 상태다.

"이제 마음껏 때리십시오."

구경꾼의 숫자는 거의 50명, 100개의 눈동자가 청년에게 쏠렸다.

짜증이 날 때로 난 청년은 마동식의 허벅지를 향해 말 그대로 풀스윙을 했다.

부우웅!

"……."

"……."

"……."

"……."

홍대 앞 놀이터가 일순간 깊은 침묵에 빠졌다.

송염도 얼음처럼 딱딱하게 굳어버렸다.

누구도 예상하지 못했던 상황이다.

철근이 날아오자 마동식이 몸을 빼버렸다.

"염아, 아무리 생각해도 이건 아니다."

마동식의 이 말은 막 끓어오르려는 기름에 물을 붓는 격이
었다.

"뭐야!"

"사기꾼들 아냐?"

"병신들……."

"시간 아깝게……."

"내 시간 물어내."

세상에 완벽은 없다. 완벽하다고 생각하는 바로 그 순간 균
열은 시작된다.

송염이 간과한 사실은 강인해 보이는 외모와 거치고 딱딱
한 말투와 달리 정작 속마음은 여린 마동식의 마음이었다.

'동식이 잘못이 아냐.'

자신의 잘못이었다. 최소한 오늘 아침 일찍이라도 만나 연

습을 했어야 했다.

송염 자신도 스스로 테스트해 보기 전까지는 못 믿던 능력을 가뜩이나 겁 많은 마동식에게 강요했으니 결과는 이미 결정된 것이나 진배없었다.

가장 화가 많이 난 사람은 역시 청년이었다.

얼굴까지 시뻘겋게 된 청년이 씩씩거리며 송염에게 다가왔다.

"너, 날 놀리는 거지. 아니면 어디 카메라 숨겨놓고 몰래카메라 찍는 것 아냐?"

송염은 슬슬 뒤로 물러나며 말했다.

"아닙니다. 저도 예상하지 못했던 일이라서……. 다시, 다시 한 번 하시죠."

"장난해?"

"아닙니다. 동식아, 할거지?"

"아니……."

잔뜩 겁을 먹은 마동식이 고개를 저었다.

그리고 그때, 한 사람의 목소리가 들렸다.

"내가 할게."

목소리의 주인공은 희진이었다.

"네가 여기 무슨 일로……."

"우리 학교 이 근처잖아. 여기에서 쇼를 한다기에 구경

왔지."

장내로 들어온 희진에게 사람들의 시선이 쏠렸다.

무릎 위에서 나풀거리는 아이보리색깔 원피스를 입은 희진은 봄의 천사같이 아름다웠다.

희진은 겁도 없이 청년에게 다가가 말했다.

"내가 오빠 대신 해도 되죠?"

"말이 쉽지……."

청년은 내키지 않는지 고개를 저었다.

남자를 패는 것과 160센티가 갓 넘기는 키에 50킬로그램이 못되는 가녀린 여성을 패는 것은 주는 어감부터가 다르다.

그런데 장내에 끼어든 사람은 희진뿐만이 아니었다.

청년 뒤에서 날카로운 인상을 가진 파마머리 여성이 걸어나오며 말했다.

"형식 씨, 내가 할게. 보자보자 하니까, 완전히 사기꾼들 아냐. 처음에 저 시키면 남자를 데려다 놓고 때리라고 하더니 정작 때리려니까 여자를 끌고 들어와? 처음부터 짜고 치는 고스톱 아냐. 같은 여자가 때리면 더 이상 핑계를 못 대겠지."

"그래? 그러는 편이 좋을까?"

"비켜, 이것들 박살을 내줄 테니까."

청년이 뒤로 물러나고 파마머리 여성이 그 자리를 대신했다.

그사이 희진이 겁도 없이 마동식을 밀어내고 그 자리를 차지했다.

구경꾼들의 여론은 둘로 나뉘었다.

희진의 얼굴을 본 대부분의 남자들은 이렇게 말했고……

"저 파마 여자 성격 무지 나쁘네."

"그러게, 처음부터 개그 아니었어?"

"웃자고 시작한 일에 죽자고 덤비는 것처럼 바보짓은 없지."

또 대부분의 여자들은 이렇게 말했다.

"어머, 저 여자 뭐야. 한패 아냐?"

"훅 불면 날아갈 것 같이 생겨서 간도 크네."

"어차피 사기라고, 저런 여자는 혼쭐이 한 번 나야 돼."

"촌스러워가지고!"

"못생겨서는!"

"남자 꽤나 홀리게 생겼네."

"저런 애들이 대부분 성격이 나빠."

송염과 희진의 눈빛이 허공에서 서로 얽혔다.

희진의 눈에는 신뢰가 있었고 송염의 눈에는 의아함이 있었다.

"저리 비켜, 염 오빠. 나 오빠 믿어."

"……"

송염은 뒤로 물러나면서 스톤스킨 버프를 희진에게 걸었다.

확신하지만 그래도 마음 한구석이 찝찝했다.

파마머리 여성도 남자 친구처럼 운동을 전공한 것 같았다. 그녀는 능숙하게 철봉을 들고 이리저리 휘둘렀다.

붕!

붕!

"사람 잡는 것 아냐?"

"난, 몰라."

파마머리 여성이 희진에게 다가갔다. 그리고 원피스가 치켜 올라가 살짝 드러난 희진의 허벅지를 향해 철근을 도끼로 장작 패듯 힘껏 내려쳤다.

평소 희진은 절대 핫팬츠나 미니스커트를 입지 않는다. 대부분이 바지나 롱스커트고 아주 가끔 한 번씩 오늘처럼 무릎을 살짝 덮는 길이의 치마를 입을 뿐이다.

송염은 희진의 하얀 허벅지에서 붉은 지렁이가 기어간 듯한 상처를 보았다.

동식에게 듣기로 희진의 몸에는 저런 상처가 수도 없이 많이 있다고 했다.

상처를 보는 순간 심장이 저려왔다. 탈북자인 두 오누이를 자신이 이용하고 있다는 생각이 들었다. 처음부터 이 방법은 틀렸다.

마음 한구석이 덜컥 주저앉는 느낌이었다.

송염은 파마머리 여성을 말리려 했다.

하지만 늦었다.

파마머리 여성이 휘두른 철근이 희진의 허벅지에 도달했다.

퍽!

둔탁하면서 찰진 소리가 장내를 휘감고 돌았다.

"어머!"

"어째."

"세상에……."

"말도 안 돼."

처음에는 얕은 한숨과 탄식이, 시간이 갈수록 경악성이 터져 나왔다.

철근이 엿가락처럼 휘어 희진의 허벅지를 반쯤 감고 있었다.

사람들은 심각한 표정으로 희진을 바라보았다.

무표정하던 희진이 살짝 웃더니 철근을 치우고 일어나 앞으로 걸어 나왔다.

"짠! 멀쩡하네요!"

환한 희진의 미소가 장내를 가득 채웠다.

비로소 박수가 터져 나왔다.

"휘이익!"

"멋지다."

"죽인다. 죽여. 어떻게 한 거야?"

"정말 안 아픈 거야?"

한편 청년이 파마머리에게 다가가 물었다.

"정말 쌔게 때렸어? 너 소프트볼 선수잖아."

멍 때리고 있던 파마머리가 들고 있던 철근을 내밀었다.

"이거 보고도 그런 소리가 나와!"

당연히 철근에는 아무런 이상이 없었다.

송염은 얼른 청년에게 다가가 손을 내밀었다.

"수금 시간입니다. 손님."

청년이 이해할 수 없다는 표정으로 지갑에서 돈을 꺼내주었다.

송염은 청년에게 받은 10만 원을 높이 흔들며 소리쳤다.

"멋진 두 연인께 박수를 부탁드립니다."

짝짝짝짝!

"죽이네!"

"와우!"

"덕분에 좋은 구경했수다."

송염은 시계를 힐끔 보았다.

이제 막 1분이 지났다. 또 한 명의 손님을 끌면 확실히 경제적이다.

"다른 분 안 계십니까? 혹시 이 두 연인이 저희와 한패라고 생각하시는 의심병 환자님 매우매우 환영합니다."

즉각 입질이 왔다.

미끼를 문 사람은 놀랍게도 애초의 청년이었다. 그는 이를 악물고 물어왔다.

"내가 해도 되겠습니까?"

"안 될 이유가 있겠습니까! 이번에도 10만 원이십니까?"

"그래요. 이번에는 야구방망이로 하겠습니다."

야구방망이가 아니라 탱크를 가져와도 끄떡없다.

"편하실 대로 하시고! 희진아, 자세 잡아라."

희진이 환하게 웃으며 대답했다.

"알았어, 오빠!"

아프지 않으니 이제 자신감까지 생긴 모양이다.

상황은 철근 때와 마찬가지로 흘러갔다.

다만 남자는 비열하게도 허벅지 대신 가늘디가는 희진의 손목을 노렸고 철근은 휘었다면 야구방망이는 부러졌다는 점이 달랐다.

빡!

야구방망이가 부러지자 구경꾼들의 환호성은 극에 달했다.

"와, 저 남자 독하네. 아주 패네, 패."

"죽인다. 죽여."

"찍었어?"

"웅, 동영상으로 찍었어."

"얼른 유튜브에 올려리고 SNS에 링크 걸어."

"벌써 하고 있지."

사람들은 보고도 못 믿을 경악스러운 장면을 찍은 사진과 동영상을 부지런히 인터넷에 올리고 그 주소를 퍼 나르기 시작했다.

* * *

쇼는 성황리에 끝을 맺었다.

"수고했다, 희진아. 밥 먹으러 가자."

"밥! 좋아. 뭐 사줄 건데?"

"말만 해라. 오늘 번 돈이 무려 120만 원이다."

"우와~!"

화기애애한 송염과 희진과 달리 마동식은 아스팔트가 무너져 내려라 한숨을 쉬고 있었다.

"하~ 미안하다, 염아. 내가 겁이 많잖냐."

"아냐, 오히려 미안한 사람은 나야. 내가 생각이 짧았다."

"그렇게 말해주니 고맙다."

"쓸데없는 소리 말고 밥이나 먹으러 가자. 어디로 갈까?"

"피자!"

희진이 소리쳤다.

"좋아, 나도 피자."

한국에 올 때까지 피자란 음식의 존재 자체를 모르던 마동식과 희진은 피자를 유달리 좋아했다.

세 사람은 사람과 음악과 네온으로 정신없는 거리가 잘 내려다보이는 피자 가게 2층에 자리를 잡았다.

피자와 샐러드 그리고 음료를 시키자 신이 난 사람은 마동식과 희진이다.

두 사람은 밝은 미소를 남기고 접시를 들고 샐러드 바로 달려갔다.

송염은 조용히 샐러드바 무한리필이라는 기적과 같은 은총을 하사한 피자가게 주인에게 무한한 감사를 드렸다.

잘 먹는 사람들과 먹으니 괜히 입맛이 돌았다. 느끼한 음식을 별로 좋아하지 않는 토종 입맛의 소유자 송염도 열심히 샐러드와 피자를 입으로 가져갔다.

식사 시작 후 한 시간이 지나자 종업원이 노골적으로 눈치를 주기 시작했다.

물론 송염도 그렇지만 마동식과 희진 역시 그런 눈초리에 굴할 인간들이 아니다.

세 사람은 배가 만족스럽다는 신호를 보내올 때까지 양껏 음식을 탐닉했다.

"아, 잘 먹었다."

"오빠, 잘 먹었어요. 근데 아쉽다."

"왜?"

"난, 무한 리필인데 왜 포장해서 가져갈 수 없는지 아직도 이해가 안 되거든. 가능하면 내일 아침도 우아하게 샐러드로 배를 채울 텐데 말이지."

"여긴 한국이니까."

마동식에 비하면 희진은 꽤나 한국 생활에 적응을 잘한 편이다.

그럼에도 불구하고 그녀가 느끼는 북한과 한국의 문화 차이는 컸다.

"그 점을 깜빡깜빡한단 말이야. 히히히히."

희진은 혀를 살짝 내밀며 웃었다. 그리고 물었다.

"오빠, 내가 한국에 와서 제일 놀란 일이 뭔 줄 알아?"

"글쎄……. 뭘까?"

"탈북자는 한국으로 오면 대성공사라는 곳으로 가거든. 지금은 양지공사라고 하더라."

"대성공사? 양지공사?"

처음 들어본 이름이다.

하긴 송염은 마동식에게 두 사람의 탈북에 대한 깊은 이야기를 물어본 적이 없다.

안 그래도 깊은 상처를 헤집어 놓을까 두려워서다.

마동식도 먼저 자신의 이야기를 꺼낸 적은 거의 없었다. 그저 무슨 이야기가 나오면 지나가는 말로 자신의 경험을 말할 뿐이었다.

"응, 우리 탈북자들은 중앙합동신문센터를 그렇게 불러. 우리가 들어올 때는 대방동에 있어서 대성공사, 지금은 시흥으로 옮겨서 양지공사."

"그곳에서 뭘 하는데? 아참, 이런 일 물어봐도 되나? 보안 같은 거에 걸리지 않나?"

"에이~ 지금이 어느 시댄데……. 오빠도 참. 이럴 때 보면 오빠도 참 구식이야. 하긴 나도 궁금해서 인터넷 찾아본 적이 있는데 내부까지 다 나오더라. 하여튼! 그곳에 가면 각자 독방에 들어가."

"탈북자는 죄수가 아니잖아. 그런데 독방이라고? 말도 안 돼."

"이 이야기를 들은 한국 사람들은 다 그렇게 말하더라. 그게 한국와 북한의 차이겠지. 하지만 정작 우린 좋았어. 그렇지 오빠?"

리필을 하려는지 다 마신 콜라잔을 들고 엉덩이를 들썩이던 마동식이 이야기에 끼어들었다.

"맞다. 염아. 생각해 봐라. LCD텔레비전에, 침대에, 화장실에, 사워기까지 딸린 독방이 우리에게 어떤 의미일지. 그리고 가두는 게 아니다. 탈북자 중에 혹시 간첩이 섞여 있을지도 모른다. 그러니 그곳에서 잠시 있는 동안 조사를 통해 간첩을 가려내기도 하고 혹시 우리가 알고 있을 비밀 같은 것도 듣고 하는 거다. 너도 알다시피 우린 회령에서 왔다. 국정원이 정말 대단한 게 우리가 회령의 오유리 소학교를 나왔다고 하니까 몇 년도에 불이 났는지도 물어보고, 당시 학교 교원하고 교도주임 이름을 대라고 하더라……. 거짓말하면 다 들통난다는 말이다."

"그렇구나."

"난 콜라 리필해 올게. 희진아 너도 리필할래?"

"당연하지. 여기 컵, 부탁해."

"알았어."

마동식이 자리를 뜨자 희진이 다시 이야기를 시작했다.

"이야기가 딴 데로 샜는데 말이야. 솔직히 말해서 당시 난 엄청난 공포에 질려 있었어. 다른 탈북자들은 보통 중국에서 몇 년 있다가 한국으로 오는 경우가 많아서 드라마나 쇼, 오락프로그램을 통해 한국 사정을 어느 정도 알고 오거든. 그런데 나와 오빤, 탈북하자마자 한 달 만에 한국으로 왔지. 그랬으니 우린 한국이 미제의 압제에 시달리는 거지 나라에 탈북자의 피를 빨아 약으로 쓰는 곳이라고 알고 있었어."

마동식에게 대략의 사정은 들어 익히 알고 있었지만 희진의 입에서 듣는 이야기는 또 달랐다.

당시 희진은 겨우 18세. 한국으로 왔을 때 몸무게가 40킬로그램이 안 됐다고 했다.

"지금 생각하면 우습지만 욕실에 비누하고 샴푸가 있었거든? 그런데 상표가 모두 영어인 거야. LCD텔레비전 상표도 영어고. 난 확신했어. 한국이 북한에 있을 때 들은 대로 미국의 꼭두각시란 사실을 말이야."

"……."

"그런데 날 담당하던 요원님이 내가 너무 무서워하니까 하루는 오렌지 쥬스를 가지고 오셨어. 북한의 단물과 같은 건데 훨씬 맞았다고 말이야. 그런데 너무 시기만 하고 맛이 없는 거야. 단물은 달짝지근하고 톡 쏘는 맛이 일품이거든."

단물은 사이다의 북한말이다.

"이 요원이 나를 놀리나 싶더라고……. 그래서 난 한 모금만 마시고 쥬스통을 한쪽으로 치워놓았지. 그때 내 눈에 쥬스통에 인쇄된 한 단어를 발견했어."

"무슨 단어?"

"무가당!"

"무갸당?"

"응, 어렸을 때부터 난 유달리 호기심이 많았거든, 밤새 궁리를 해도 그 말의 뜻을 모르겠는 거야. 그래서 난 다음 날 요원에게 물었어. 크크크크."

당시의 일을 떠올리기만 해도 우스운지 희진이 웃음을 터뜨렸다.

"크크크크. 그 생각만 하면……. 지금도 손발이 오그라든다."

음료를 리필해 온 마동식이 함께 웃는 것을 보니 그도 그 이야기를 알고 있는 모양이었다.

"그지? 그지?"

희진은 리필해 온 음료를 맛있게 마시더니 다시 말했다.

"무가당의 뜻은 바로……."

"설탕이 안 들었다는 이야기지."

"맞아. 그 이야기를 들은 난 요원님에게 따졌어. 당신 말대로 한국이 잘살면 왜 과일단물―쥬스야―에 왜 설탕이 안 들었냐고 말이야. 이어지는 대답에 난 큰 충격을 받았어. 요원님은 말했지. '한국은 설탕이 비싸서 안 먹는 게 아니라 몸에 안 좋아서 안 먹는 거라고 말이야."

충격이었을 것이다.

없음의 반대는 많음이다.

"북한에 설탕이 귀하면 한국에는 많아야 하는 게 상식이잖아. 하지만 한국은 그 상식의 한계를 넘어 오히려 설탕이 몸에 안 좋다고 안 먹는 수준에 도달해 있었던 거야. 요원은 내가 미제라고 생각했던 비누와 샴푸의 뒷면도 보여줬어. made in Korea. 선명한 충청남도 어디 군의 공장 주소. 수출을 많이 해서 영어 이름을 붙였다고 말하더라."

희진의 표정이 좋지 않았다.

그녀는 당시의 감정을 온몸으로 느끼고 있는 것 같았다.

"그 소리를 듣는 순간 마음 한구석에서 무언가가 와르르 무너져 내리는 느낌이 들었어. 동시에 엄청난 배신감이 그 자리를 채웠지. 난 내가 배 곯고 추웠던 모든 일의 원인이 미국이라고 배웠어. 하지만 그것은 모두 아바이 수령, 위대한 지도자의 거짓말이었던 거야."

"……."

"호호호, 오늘따라 내가 말이 많네? 오랜만에 오빠를 만나서 기분이 좋았나 봐."

"맥주나 한잔하러 가자."

"콜, 안주는?"

"당연히!"

"치킨이지."

"반반무 많이!!! 맥주에 반반무 많이는 진리야."

"크크크크, 이젠 걱정 안 해도 되겠다. 치맥과 반반무 많이를 아는 걸 보니 너도 완벽한 한국 사람이다."

"호호호호. 어째 비꼬는 것 같다."

"절대 아냐. 그리고 동식아 이거 받아라."

송엽은 미리 챙겨두었던 돈을 내밀었다.

"딱 절반, 60만 원이다."

마동식이 어두운 목소리로 말했다.

"왜 내가 받아. 난 한 일도 없는데……. 희진이 줘라."

이번엔 희진이 손사래를 쳤다.

"싫어. 오빠가 받아, 단 40만 원만!"

"왜 40만 원이야?"

"당연하지. 어제 받은 도복 값 10만 원, 오늘 부러진 야구방망이 하며 준비물 하고 여기 밥값 그리고 앞으로 먹을 맥주하고 치킨값의 절반 10만 원."

똑 부러지는 계산이다.

희진의 말이 맞았다. 엄연히 동업이니 계산은 정확한 편이 좋다.

송염은 20만 원을 제한 후 40만 원을 마동식에게 넘겨주었
다.

"대신 내일은 꼭 네가 맞아라!"

"알았어. 오늘 희진이 보고 안전하다는 걸 확실히 알았으
니까. 내일은 절대 피하지 않겠다."

"그럼 일어나자. 술타임이다."

그런데 일어나려는 송염을 희진이 불러 앉혔다.

"오빠, 빼먹은 것 없어?"

"뭘?"

"느물느물 얼버무리려 하지 마. 어떻게 그럴 수 있지?"

손을 머리를 허벅지를 허리를 각목과 철근과 야구방망이
로 얻어맞았다.

그러고도 상처는커녕 통증조차 없었다. 그래서 질문은 어
쩌면 당연했다.

지금까지 안 물어본 것이 오히려 용했다는 생각이 들었다.

송염은 담담해 대답했다.

"지금까지는 나도 힘의 정체를 알아가는 단계야. 그래서
말인데 내가 확실히 알게 되면 그때 이야기하면 안 될까?"

희진은 숨 쉴 틈도 없이 즉석에서 명쾌하게 대답했다.

"좋아. 그럼 가자. 마시러~!"

계산을 마치고 나오는 송염을 마동식이 따라왔다.

"내 동생이지만 대단하지?"

"어떻게 같은 뱃속에서 너희같이 다른 남매가 태어났는지 몰라."

"난 아바이를 닮았고, 희진이는 어마이를 닮았거든."

먼저나간 희진이 두 사람에게 손을 흔들고 있었다.

송염은 마주 손을 흔들어준 후 물었다.

"아버지 어머니는 어떻게 돌아가셨어?"

"……."

걸음을 멈춘 마동식이 잠시 하늘을 바라보았다.

"서울에서는 별이 보이지 않아. 회령에는 정말 별이 많았는데……."

"……."

"나중에 이야기할게. 그래도 되지?"

"당연하지. 너도 날 믿어주는데……."

언제나 바보 같던 마동식의 표정은 딱딱히 굳어 있었다. 마동식이 낮은 목소리로 송염을 불렀다.

"염아."

"응?"

"넌 나와 희진이의 유일한 혈육이다. 고맙다."

"미친놈. 가자, 오늘 마시고 죽어보자."

"찬성. 크크크크."

"크크크크."

말 그대로 세 사람은 그날 밤 장렬히 전사했다.

Chapter 09
인기

다음 날 홍대 앞 놀이터는 문자 그대로 인산인해였다.

모여든 사람들이 송염과 마동식이 나타나자 환호로 두 사람을 환영해 주었다.

"오옷! 왔다. 왔어."

"동영상의 그 사람들이야."

모인 대부분의 사람은 인터넷에서 동영상을 보고 호기심에 온 사람들이었다.

환영이 있는 반면 회의적인 반응도 있었다.

"그 동영상 조작이잖아."

"바이럴 마케팅이야. 어디 클럽 광고든지 할 거야."

"믿을 걸 믿어라. 참 할 일도 없다."

하지만 환영도 비단의 목소리도 뜻밖의 제삼의 목소리에 묻혀 버렸다.

"여자 도사는?"

"왜 여자 도사가 없는 거야!"

"장난해! 우린 여자 도사 보러 왔다고!"

"곰탱이는 물러가라."

사람들의 목적은 송염도 마동식도 아닌 희진이었다.

예상치 못한 반응에 송염은 얼른 앞으로 나섰다.

"아~ 아, 오늘도 잊지 않고 저희 도사님을 보기 위해 찾아 주신 분들께 정중히 감사 인사를 드립니다."

"다 필요 없어."

"여자 도사 내놔!"

맡겨놨냐는 소리가 절로 나왔다. 세상에 이렇게 변태가 많았나 하는 생각도 들었다. 가냘픈 여성을 때리고 싶어 하는 변태들이 이렇게 많을지 미처 몰랐다.

"오늘은 여자 도사님이 지극히 개인적인 사정으로 못 오셨습니다. 대신 오늘 시범은 원조 도사이신 마 도사님이 수고해 주시겠습니다."

"우우우우우."

"우우우우우."

관중들이 약속이나 한 듯이 야유를 퍼부었다.

소리가 커지자 마동식이 쭈뼛거리며 다가왔다.

"무슨 일이야."

"그러게. 돌겠네."

"희진이 부를까?"

"아냐, 희진이를 계속 나오라고 할 수는 없잖아. 이젠 우리끼리 해야 해."

송엽의 판단은 틀린 것이었다. 관중들이 원하는 쇼는 무척 아름답게 가냘프게 생긴 여성이 구타(?)를 당하는 광경이지 시커먼 사내가 두드려 맞는 장면이 아니었다.

결국 오늘 쇼는 수포로 돌아갔다.

두 사람은 한 건의 시범도 못 보인 채 집으로 돌아올 수밖에 없었다.

그리고 그런 상황은 다음 날까지 고스란히 이어졌다.

모든 사태의 원인은 인터넷이었다.

단 하룻밤 만에 희진은 인터넷 여신 특히 남성중심 커뮤니티의 여신으로 떠올랐다.

눈 하나 깜짝하지 않고 몽둥이세례를 받는 여성 동영상은 남성들의 마초 감성을 묘하게 자극했고 금상첨화로 그 여성은 매우 아름다웠다.

그러자 네티즌 수사대가 출동했다.

네티즌 수사대는 동영상을 철저하게 분석했다.

그리고 한 게시판에 사진 한 장이 올라왔다.

—확대 장면 캡쳐입니다. 잘 보세요. 허벅지 안쪽이 온통 상처투성입니다.

여자 도사님은 진정 엄청난 수련을 겪은 고수셨습니다.

사진을 본 다른 네티즌이 댓글을 달았다.

—전 피부과 의사입니다. 전문적인 소견으로 봤을 때 채찍이나 회초리같이 유동이 있는 것으로 맞은 흔적입니다. 최초에 치료를 했더라면 상처가 남지 않았을 텐데 아쉽네요.

그 밑에도 댓글이 달렸다.

—진정한 수련자라는 반증이네요. 상처를 치료할 시간에 수련을 하겠다. 뭐, 이런 뜻 아닐까요?

—그나저나 어디로 가면 볼 수 있는 겁니까. 정보 좀 주

세요.

　—홍대 놀이터입니다. 그런데 이틀 동안 여신님은 안 나타
나고 시커먼 곰 두 마리만 배회하고 있답니다.

　—아마도 여신님의 사형이나 제자쯤 되지 않을까요?

　그리고 결정적인 제보가 이어졌다.

　—제 여친이 삼화여대 다닙니다. 그런데 동영상을 보여줬
더니 여신님을 알아보더라고요. 삼화여대 법학과 1학년 이름
은 마희진이랍니다.

　—아, 아쉽지만 트위터도, 페이스북도, 미니홈피도 없네요.

　—결국 여신님을 보려면 대학으로 찾아가든지 아니면 홍
대 놀이터로 가는 수밖에 없습니다.

　하루 뒤 다시 글이 올라왔다.

　—기말고사가 끝나서 학교에 안 나온답니다. 이제 남은 방

법은 홍대 놀이터에 나타나는 도사 두 명뿐입니다.

송염과 마동식은 머리를 맞댔다.

"어떻게 하지? 계속 공칠 수는 없잖아."

"그러게 말이다. 방법이 없네."

"그냥 희진이를 끌어들이자. 다음 학기 등록금 때문에 휴학할까 하던데 돈도 벌고 좋잖아."

"그래? 그럴까?"

이왕 내친걸음이다. 송염은 희진에게 전화를 걸어 사정을 설명했다.

"난 좋아. 그냥 앉아만 있으면 되잖아."

"그럼 저녁에 홍대 놀이터로 와라. 이왕이면 그럴싸하게 차려입고."

"오케이. 이따 봐, 오빠."

*   *   *

밤에 만난 희진은 평소 전혀 안 하던 메이크업에도 신경을 썼고 미용실도 다녀온 눈치였다.

꾸미지 않아서 그렇지 예쁜 얼굴을 가진 희진이다.

거기에 메이크업까지 더해지니 예쁘다는 표현을 넘어 정

말 아름다웠다.

"친구가 의상학과 다니거든……. 이번에 연극동아리 의상으로 만들었다고 하더라고……. 그래서 뺏어 왔지. 화장이랑 머리도 그 친구가 해줬어."

"고마운 친구네."

"나중에 술 한잔 사주면 돼."

무엇보다 압권은 희진이 입고 있는 옷이었다.

전체적인 형태가 삼국시대 궁녀들이 입던 의상의 복식과 비슷한 하얀색의 옷은 입은 희진을 무협영화에 등장하는 선녀처럼 보이게 했다.

덕분에 홍대 놀이터는 사이비 종교 신도들의 부흥회를 방불케 했다.

"나타났다!"

"옷 봐라. 쩝."

"죽인다."

"찍어, 찍어!"

"아, 너무 어두워서 폰으론 잘 안 찍히네. DSLR카메라를 가져 왔어야 했는데……."

"그럴 줄 알고 난 가져왔지."

상황이 무르익었다.

이제 송염이 나설 차례다.

"저희 도사님을 보기 위해 모여주신 여러분께 우선 감사의 인사를 올립니다. 당초 계획은 마 도사님이 직접 이런저런 시범을 보여드릴 예정……."

기다렸다는 듯 야유가 터져 나왔다.

"우우우우우~!"

"꺼져라! 냄새난다!"

"우우우우~! 물러가라!"

송염은 손을 치켜들어 사람들을 진정시켰다.

"어허허! 한국말은 끝까지 들어봐야 된다고 하지 않습니까. 예정이었지만! 여러분의 기대에 보답코자 실력은 떨어져도 특별히 저희 사제가 시범을 보이겠습니다!"

사람들이 열광했다.

"마 도사!"

"마 도사!"

"마 도사!"

바로 이때다.

거래는 타이밍이다.

송염은 다시 나섰다.

"단! 완벽하신 마 도사님이 아닌 사제가 시범을 하는 관계로……."

의도적으로 말꼬리를 흐렸다.

사람들, 말이 사람들이지 대부분이 시커먼 남자들인 구경꾼들은 송염과 희진을 번갈아 바라보았다.

척하면 착이라고 했던가.

사람들은 송염이 하고자 하는 말의 의미를 알아차렸다.

"얼마야!"

"불러!"

"카드도 돼?"

얼마든지 지갑을 열 준비가 된 소비자가 있는 생산자는 행복한 법이다.

송염은 마음껏 가격을 불렀다.

"더도 말고 덜도 말고 신사임당 네 분, 세종대왕 스무 분으로 모시겠습니다."

어째 시간이 가면 갈수록 점점 더 약장수 같아지는 송염이다.

구경꾼에서 손님으로 거듭난 사람들은 송염의 딜에 즉각 콜을 외쳤다.

"내가 먼저."

"무슨 소리, 내가 먼저야."

"난 3일째 출근했다고!"

송염은 서로 자기가 먼저라면서 달려 나온 남자들을 일렬로 줄 세웠다.

행렬에는 의외로 여자도 있었다.

두터운 뿔테안경을 쓰고 야구 모자를 깊게 눌러쓴 젊은 여성의 존재는 남자 일색의 줄 속에서 분명히 이질적이었다.

하지만 돈 독이 오른 송염의 눈에 그녀는 20만 원 이상도 20만 원 이하도 아닌 존재이기도 했다.

송염은 쇼라고 생각하고 관객들은 마술과 차력의 중간쯤이라고 여기는 공연은 성황리에 치러졌다.

송염은 세심하게 시간을 분배해서 일인당 100초씩을 안배했다.

안배의 결과는 놀라웠다.

하루에 고작 다섯 번, 게다가 지속 시간은 불과 5분에 불과한 스톤스킨 버프가 최고의 효율을 나타냈다.

쇼가 끝나자 송염의 주머니에는 무려 300만 원의 현찰이 들어 있었다.

"이러다 우리 엄청난 부자가 되는 것 아냐?"

"당연히 부자가 돼야지. 수고했다."

송염은 정확히 번 돈의 절반인 150만 원을 내밀었다.

삼등분을 하고 싶었지만 마동식과 희진이 한사코 마다해서 내린 결정이었다.

다음 날도 반응은 폭발적이었다.

어제 쇼에 참가한 사람들은 물론 구경하던 사람들이 열심히 게시판에 글을 남겼고 동영상을 올린 덕이었다.

사람들은 어제보다 더 많이 모여들었고 열심히 줄을 섰으며 돈을 지불하고 쇠파이프니, 철근이니, 각목이니 하는 보기만 해도 섬뜩한 도구들을 희진에게 휘둘렀다.

"응?"

시간을 보며 버프를 걸고 돈을 수금하던 송염은 관객 중에 한 여성을 발견했다.

'어제 그 여자잖아. 또 왔네.'

송염의 기억에 그 여자가 남은 것은 우연이 아니었다.

남자들 사이에 유일하게 있던 여자였으니 더욱 그랬다. 게다가 자신의 신상을 감추려는 듯 외모를 가린 게 더 신경 쓰인 탓이었다.

두 시간에 걸친 쇼가 성황리에 끝나자 여자가 송염에게 다가왔다.

"잠시 시간이 있으세요?"

"아뇨."

"용건을 들어보지도 않고 대답하시네요. 전 이런 사람이에요."

여성은 명함을 내밀었다.

명함에는 'SBC방송 예능1국 스타퀸 작가 김계숙'이라고 적혀 있었다.

스타퀸은 딱히 텔레비전 보기를 즐기지 않는 송염도 들어본 적이 있는 인기프로그램이다.

스타퀸.

이 프로그램은 일종의 경쟁 오디션 프로그램이다.

우선 특별한 재능이 있는 일반인이 출연해 장기를 보여준다.

그리고 그 장기를 본 연예인패널과 시청자의 SRS 집계를 통해 순위를 결정한다.

1승을 하면 상금 100만 원과 소정의 상품이 지급되고 연승할수록 상금과 상품이 누적된다.

그렇게 10연승을 해서 스타퀸의 왕관을 받으면 상금이 3,000만 원에 부상으로 중형 승용차가 지급된다.

하지만 말이 좋아 10연승이지, 세상에는 모래알같이 기인이사가 많아 지금까지 스타퀸 방영 역사상 최다 연승은 불과 5승에 불과했다.

어쨌든 송염은 터져 나오는 만세를 애써 눌러 참았다.

처음부터 이 길거리 퍼포먼스를 계획했을 때 생각하고 있었던 상황이 예상보다 일찍 마련된 덕분이다.

송염은 벅찬 기분을 억지로 억누르며 아무 일도 아닌 것처럼 행동했다.

"작가시군요. 그런데 왜 저를…….."

"인터넷에 뜬 동영상을 봤어요. 어제 제가 직접 검증도 마쳤고요. 그래서 저희 프로그램에 출연을 제의하고 싶어요."

흥분하면 안 된다.

흥분하면 안 된다.

"일단 마 도사님과 사제에게 말씀드려 보겠습니다. 가부간에 결정이 되면 전화드리죠."

"좋은 소식 기다리겠어요. 그런데 말이에요. 어떻게 저럴 수 있죠?'

"뭐가 말입니까?'

"눈속임은 없는 것 같은데 정말로 고통을 안 느끼잖아요. 처음에는 통각이 마비된 사람이라고도 생각해 봤는데 상처도 남지 않는 것을 봐서는 그것도 아닌 것 같구요."

"하하하하, 묘향산에서 50년 수련을 하면 누구나 그렇게 됩니다."

"장난치지 마시고 말씀해 주세요."

"과장은 있지만 사실입니다. 출연을 확정하면 그때 더 말씀드리지요."

"기대하고 있겠어요."

김계숙이 떠나고 식사도 할 겸 자리를 옮긴 송염은 자신의 당초 계획과 방송국의 제의를 마동식과 희진에게 털어놓았다.

"어떻게 했으면 좋겠어?"

"오빠요?"

"원래 계획대로라면 동식이와 내가 나가겠지만 솔직히 말
해서 반응은 네가 훨씬 좋아."

생각지도 않은 방송출연 이야기에 희진은 살짝 당황한 눈
치였다.

그녀는 마동식에게 의견을 물었다.

"오빠, 어때?"

"너의 생각이 중요하지. 나야, 뭐."

희진이 송염에게 물었다.

"방송출연을 한 다음의 계획은 뭐야?"

"밤무대."

"밤무대? 밤무대가 뭐지?"

"너, 나이트클럽 안 가봤어?"

"응, 클럽 이야긴 들어봤고 친구들도 함께 가자고 몇 번 말
했었는데 한 번도 안 갔어. 그건 그렇고 클럽이 나이트클럽이
야?"

그렇게 별일 아닌 것처럼 말하는 희진이 송염은 안쓰러웠
다.

사실 또래 여대생 중에 클럽 한 번 안 가본 사람이 얼마나

되겠는가.

아마도 희진은 안 간 것이 아니라 못 간 것이 분명했다.

학비 마련을 위한 하루에도 아르바이트를 두세 개씩 뛰는 바쁜 하루를 사는 희진이니 한눈팔 시간이 없었다는 표현이 맞았다.

"조금 달라. 클럽은 그냥 젊은 사람들이 가서 춤추는 곳이고 나이트클럽은 조금 더 나이 든 사람들이 쇼도 보고 춤도 추고 하는 장소지. 그런 곳을 밤무대라고 해. 그런 밤무대는 방송 출연을 해서 화제가 되면 아무래도 대우가 좋아지거든."

대우란 말에 희진의 귀가 쫑긋거렸다.

"돈 많이 줘?"

"아마도……. 하지만 지금보다는 적을 거야."

지금보다 적을 것이란 말에 실망하는 희진이다.

"그럼 그냥 지금처럼 계속하면 안 돼?"

"아쉽지만 안 돼. 벌써 벌레가 꼬이고 있거든. 게다가 지금이야 신기하니까 자꾸 사람들이 모이지만 언제까지 계속된다는 보장도 없고……."

희진이 벌레란 단어에 흥미를 보였다.

"벌레라니?"

"홍대 인근 깡패들을 말하는 거야. 그놈들은 노점상이나 술집을 보호해 준다는 명목으로 업주들에게 돈을 뜯어내거든. 어제 오늘 그쪽 계통으로 보이는 놈들 서너 명이 우릴 유심히 살피더라고."

"그러니까 안정적으로 돈을 버는 일은 밤무대가 좋다란 이야기네."

"맞아. 운이 좋으면 더 벌 수도 있고……. 그렇지 않더라도 우리 세 명이 직장생활 해서 받는 월급보다야 많을 테지."

"이제 이해했어. 그런데 한국에도 보안원 같은 놈들이 있구나."

"보안원?"

"아~ 한국의 경찰을 북한에서는 보안원이라고 불러."

"그렇구나. 그런데 왜 보안원과 깡패가 같지? 정반대 아닌가?"

북한사정에 어두운 송염이 할 수 있는 질문이다.

희진이 슬픈 미소를 지으며 대답했다.

"보안원들도 장마당에서 물건도 빼앗고, 돈도 뺏고 하거든. 한국 경찰은 안 그러잖아. 우리 담당 형사님도 얼마나 친절하신데……. 그래서 한국에도 그런 놈들이 있다고 하니 조금 놀랐어. 그런데 왜 신고를 안 해? 신고하면 금방 잡아가잖아."

"사람 사는 곳은 어디나 비슷해. 정도의 차이만 있을 뿐이지. 그런 놈들은 감옥 가는 것을 훈장쯤으로 여기거든. 그러니 출소하고 나서 복수를 해. 업주들은 그 후환이 두려운 거고."

송염의 대답을 들은 희진이 결정을 내렸다.

"좋아, 할게. 솔직히 방송에 나가 얼굴이 알려지는 일은 별로 내키지 않지만 돈이 있으면 학비 문제도 해결되고 동석 오빠도 다시 공부를 시작할 수 있으니까. 그리고 이미 얼굴이 팔리기도 했고."

공부란 말을 들은 동석의 반응은 가관이었다.

"난 공부 싫어. 너야 머리가 좋아서 상관없지만 난 달라. 책 한 페이지만 봐도 잠이 온다고."

"안 돼, 오빠. 공부해야 해. 엄마가 그렇게 말씀하셨다며……."

"…아, 알았어."

항상 보는 장면이지만 언제 봐도 신기했다.

마동석은 희진보다 일곱 살이 많은 오빠면서도 언제나 동생의 말에는 꼼짝도 못했다.

Chapter 10
성장

버퍼
Buffer

다음 날 아침, 송염은 김계숙 작가와 통화를 했다.

"출연하겠습니다. 그런데……."

"감사합니다. 말씀하세요."

"출연료가 얼마나 됩니까?"

"호호호호, 보통 분들은 예심을 보고 출연하시는데 보통 팀당 삼사십만 원 정도 드립니다. 하지만 마 도사님 일행은 제가 픽업한 셈이니 그보다는 많이 드릴 수 있습니다. 100만 원 어때요?"

확실히 현재 버는 돈에 비해서 적은 액수다.

하지만 돈보다 지명도를 생각해 결정한 방송 출연이니 송염은 그 액수를 받아들였다.

"이번 주 목요일 사전 면접이 있어요. 오실 수 있죠?"

"사전 면접이라뇨?"

"면접이라니 좀 이상했나요. 그럼 협의라도 해두죠. 특별한 건 아니에요. 무작정 방송에 묘향산에서 50년 동안 수련했다고 소개할 수는 없지 않겠어요? 그래서 저와 작가들이 먼저 세 분의 스토리도 듣고 소개 멘트나 MC와 대화할 때 사용될 에피소드 등을 결정해요. 그리고 녹화 당일 입을 의상과 헤어스타일, 메이크업 등도 확인하죠."

"알겠습니다. 어디로 가면되죠?"

"SBC 방송 6층의 예능1국으로 오시면 됩니다. 입구에서 전화주시면 내려갈게요."

"그날 뵙겠습니다."

통화를 마친 송염은 욕실로 향했다.

송염은 매일 아침 눈을 뜨자마자부터 오후 늦게 퍼포먼스를 위해 홍대 놀이터에 갈 때까지 욕실에서 살고 있는 중이었다.

욕조에 뜨거운 물을 받으면서 송염은 툴툴거렸다.

"가스비, 물값도 안 나오겠다. 하루 종일 뜨거운 물속에 있었더니 피부도 안 좋아진 것 같고."

생각할수록 황당한 일이다.

마법의 팔찌를 손에 넣고도 기껏 돈을 버는 방법이 차력쇼라니 도저히 자존심이 허락하지 않았다.

송염은 뜨거운 물속에 몸을 담그고 근육을 이완시켰다.

"쉬~ 쉬~"

그동안 이런 소리에 익숙해진 몸은 신속하게 반응했고 팔찌가 변형하며 송염의 몸속으로 스며들기 시작했다.

"음?"

평소라면 박하액에 몸을 담근 것처럼 온몸이 상쾌해야 했다.

하지만 오늘은 평소와 달랐다.

"혹시?"

드디어 하나의 자물쇠가 열릴지도 모른다는 생각이 들었다.

그 와중에도 상쾌함은 도를 넘고 있었다. 송염은 상쾌함을 넘어 차가움을 느꼈다. 그리고 차가움은 한기로 변해 송염의 몸을 뒤덮었다.

"컥!"

다급하게 몸에 힘을 줘 팔찌를 원상복귀시키려고 했지만 늦은 상태였다.

이미 송염의 몸은 냉동 창고에서 급속 냉동시킨 동태처럼 딱딱하게 굳어 있었다.

다행히 그 상황은 오래가지 않았다.

몸은 녹아 정상을 되찾았고 송염은 안도할 수 있었다.

하지만 그것은 송염의 오판이었다.

평소로 돌아온 송염의 몸은 이번에는 조금 전과 반대로 뜨거워지기 시작했다.

한증막을 넘어 용광로 앞에 맨몸으로 선 것처럼 몸이 달아올랐다.

단지 몸이 뜨겁다는 것은 기분문제가 아니었다. 그 증거로 차갑게 식었던 욕탕의 물이 끓어오르고 있었다.

"크악~! 죽을 것 같아."

정말로 죽을지도 모른다는 생각이 들었다.

하지만 송염은 죽지도 의식을 잃지도 않았다.

뜨거워진 몸은 다시 얼음처럼 차가워졌고 또다시 뜨거워지길 반복했다.

그러길 무려 열세 번.

미친년 널뛰기 하듯 오르락내리락하던 체온이 정상을 되찾았다.

그리고 송염은 알 수 있었다.

"이제야 겨우 진정한 버퍼가 된 거야."

지금까지 송염은 단지 팔찌 고유의 힘인 스톤스킨 버프를 쓸 수 있을 뿐, 진정한 버퍼가 아니었다.

이제야 비로소 송염은 하나의 벽을 넘어 겨우 초급 버퍼가
된 것이다.

동시에 송염은 자신이 지금부터 무려 네 개의 버프를 더 쓸
수 있다는 사실을 깨달았다.

"버프 마스터리, 마나 차지, 셀프 힐, 윈드 볼."

이름은 멋있었다.

하지만 기억을 더듬을수록 뭔가 이상하다는 생각이 들었
다.

욕조를 빠져나온 송염은 펜과 종이를 꺼내 자신이 배운 버
프들을 적어 정리하기 시작했다.

—버프 마스터리. Lv1

종류:패시브 버프.

버프를 사용할 수 있다.

—마나 차지. Lv1

종류:패시브 버프.

버프를 사용할 때 필요한 마나가 서서히 차오른다.

텅 빈 상태에서 완전히 마나가 차는 시간은 12시간이다.

─셀프 힐. Lv1

종류:액티브 버프.

특이사항:팔찌 착용자 한정.

시전자의 체력을 보충해준다.

한 번 시전할 때마다 4분의 1의 체력이 차고 연속으로 네 번까지 시전할 수 있다. 단 현 상태에서 셀프 힐을 네 번 시전하면 마나는 텅 빈다.

─윈드 볼. Lv1

종류 : 액티브 버프.

바람의 구를 발사한다.

구는 20미터까지 날아간다.

현 상태의 마나 양으로 연속 여덟 번 사용할 수 있다.

자신이 정리한 목록을 끝까지 읽은 송엽은 들고 있던 펜을 집어 던졌다.

"이게~ 뭐야!"

기대한 만큼 실망이 클 수밖에 없었다.

먼저 버프 마스터리는 버프를 쓸 수 있게 하는 버프로 그 외에 다른 어떠한 능력도 없다.

팔찌 착용자 한정이니 남에게 줄 수도 없다.

기본 중의 기본이긴 하지만 항목만 차지하는 쓸데없는 버프다.

마나 차지도 그렇다.

천천히 차오르고 총 걸리는 시간이 무려 12시간이다. 결국 그 말은 낮에 버프를 사용하면 밤에 잠잘 때 다시 찬다는 의미다.

단숨에 차오르는 것도 아니고 천천히 차오르는 마나라니…….

이 또한 필요는 하겠지만 정작 송염에게 득될 버프는 아니다.

그나마 체력을 채워준다는 셀프 힐은 좀 낫다.

하지만 잘 생각해 보면 이것도 이상하다. 체력을 채워주긴 하지만 가득 채우면 다른 버프는 못 쓴다.

"이 무슨……. 이삿짐센터나 공사판에서 일할 땐 좋겠네."

마지막 윈드 힐은 그래도 기대가 된다.

"혹시 공격마법 비슷한 것 아냐?"

송염은 좁은 원룸 끝에 책 한 권을 세우고 입구에 섰다.

"이렇게 하는 것이 맞을까?"

잠시 궁리를 한 송염은 영화에서 본 것처럼 손바닥을 펴 책을 가리킨 다음 소리쳤다.

"윈드 볼!"

묵직한 무언가가 가슴에서 시작돼 어깨와 팔을 거쳐 손 쪽으로 움직이더니 손바닥으로 쑥 빠져나갔다.

"음?"

눈에 보이진 않았다. 하지만 무형의 구체는 존재했다.

날아간 구체가 책을 넘어뜨렸다.

절로 욕이 나왔다.

"뭐냐? 뭐냐고! 이게 뭐냐고!!"

최소한 책이 절반으로 갈라지거나 폭풍 속에 던진 종잇조각처럼 휘날리는 정도의 위력은 기대했다.

그런데 현실은 언제나 시궁창.

구체는 겨우 책을 넘어뜨리고 주변에 미풍을 남기고 사라졌다.

몇 번의 테스트 끝에 송염은 윈드볼의 위력을 정확히 파악할 수 있었다.

윈드 볼은 기본적으로 일종의 보이지 않는 바람의 덩어리였다.

그리고 그 위력은 사정거리인 최대 20미터 밖의 촛불을 끌수 있는 정도였다.

"……."

버프를 네 개나 배웠다는 환희는 결국 실망으로 끝을 맺었다.

그래도 아직 실망할 필요는 없었다.

팔찌가 품고 있는 버퍼는 아직도 많았고 그중에는 분명 '돈'이 될 만한 멋진 버프가 있을 터였다.

송염이 정식 버퍼가 된 후 팔찌에도 변화가 생겼다.

팔찌에 나타난 변화는 표면에 나타난 푸른 선이었다.

이선은 일종의 마나 게이지인 듯 버퍼를 사용할 때 줄어들고 시간이 지나면 차올랐다.

스톤스킨 버프에도 변화가 생겼다.

그 변화는 긍정적이었다.

일단 스톤스킨 버프가 팔찌 고유의 능력이라서인지 일전과 마찬가지로 마나를 사용하지 않았다.

그리고 하루에 사용할 수 있는 횟수와 지속 시간도 개미 눈물만큼 늘어났다.

이제 송염은 6분간 지속되는 스톤스킨 버프를 하루에 여섯 번 사용할 수 있었다.

Chapter 11
충돌

Buffer

공연은 계속되었다.

여전히 구경을 온 사람들은 많았고 그들은 돈을 내고 희진을 구타(?)했다.

모든 일이 순조로웠지만 은근히 걱정되는 일도 있었다.

언제나 한편에서 공연을 지켜보고 있던 깡패들이 바로 그 걱정의 근원이었다.

위태위태하던 긴장감의 끈이 끊어졌다.

드디어 방송사와 미팅 약속이 있는 목요일의 전날 밤, 그러니까 수요일 밤 깡패들이 다가왔다.

희진과 마동식이 옷을 갈아입으러 화장실로 간 사이 송염은 화장실 옆 공터에서 오늘 번 돈을 계산하고 있었다.

그때 다가온 세 명의 깡패 중 가장 나이가 많아 보이는 깡패가 말을 걸었다.

"거, 아저씨 말 좀 합시다."

"무슨 일이십니까?"

내키진 않았지만 송염은 최대한 공손히 대답했다.

다툼은 처음부터 사양이었고 똥이 무서워서 피하냐는 생각으로 무리하지 않는 범위에서 돈을 줄 의향까지 있었다.

그런데 상황이 묘하게 흘러갔다.

"거~ 당신들 기술 진짜요?"

"네?"

"아따 이노마, 귓구멍에 말 좆을 박았나. 좋은 말로 했더니 왜 말귀를 못 알아묵어? 너희 기술이 사기냐, 진퉁이냐 이걸 묻는 거잖아."

단도직입적인 질문에 당황한 송염은 순간 말을 더듬었다.

"아~ 네, 그야… 가짜……."

송염의 대답이 끝나기도 전에 뒤에 서 있던 부하 깡패가 앞으로 튀어나왔다.

"이놈 형님한테 말 짧은 것 좀 보소. 왜 말꼬리를 흐린다냐."

"네? 아, 죄송합니다."

"아야~ 주의하거라. 형님, 말씀 계속하십시오."

"……."

너무나 상투적인 대화에 송염은 긴장을 풀고 하마터면 웃음을 터뜨릴 뻔했다.

이제 부하 깡패가 윽박질렀으니 형님 깡패가 부드럽게 말할 차례다.

일종의 나쁜 형사, 착한 형사 놀이다.

송염은 형님 깡패의 다음 말을 기다렸다.

역시나 예상은 빗나가지 않았다.

형님 깡패가 말했다.

"야가 몰라서 그랬것지. 아그 놀란다. 어여 비켜라."

"네, 형님! 그리고 너 조심해라. 죽는다."

부하 깡패가 마지막 협박과 함께 전형적인 어깨인사를 하고 물러나자 형님 깡패가 다시 물었다.

"진짜냐, 거짓부렁이냐?"

버프의 존재를 알릴 수 없는 이상 대답은 정해져 있었다.

"당연히 사기죠. 미리 때리는 도구들에 손을 봐둔 겁니다."

깡패의 인상이 구겨졌다.

"허, 이상하다. 내가 내 이 두 눈으로 직접 너희 시범을 수십 번을 봤거든? 아무리 봐도 진짜 같았단 말이지. 좋다. 한번 실험을 해보자."

"실험이라니요. 어떤 실험을 말씀하십니까?"

"한 번 찔러 보겠다는 말이지."

"……."

"허허허허, 농담이다. 자식 쫄기는……. 찌르진 않고 때려만 보자."

"그야……."

정말 이러지도 저러지도 못할 상황이다.

깡패들이 어슬렁거리기 시작한 그날 이후, 만일을 대비해 송엽은 꼭 한 번의 스톤스킬 버프는 남겨두고 있어 실험을 하는 자체는 상관은 없었다.

하지만 문제는 그 실험 다음이다. 눈치를 보아하니 깡패는 맞아도 안 아픈 기술을 원하고 있었다.

'안 아프면 알려 달라 할 테고 그렇다고 버프 없이 맞을 수도 없고…….'

송엽이 망설이고 있을 때 화장실에서 옷을 갈아입은 마동식과 희진이 다가왔다.

깡충깡충 뛰어온 희진이 물었다.

"이분들 누구셔? 아는 분?"

"아, 희진아. 아니냐. 오빠랑 저쪽으로 가서 기다려."

그러자 부하 깡패가 희진을 가로막고 나섰다.

"어휴, 이게 누구신가. 천사님 아니셔? 어째 그렇게 예쁘다
요. 우리 어둡고 축축한데 가서 찐한 차나 한잔하십시다."

"네? 누구세요?"

"나야, 멋진 오빠지라. 안 그요?"

희진이 당황해하자 마동식이 나섰다.

"왜 그러십니까. 물러나세요."

부하 깡패는 마동식의 검고 다부진 얼굴을 보고 움찔하는
듯싶었지만 물러서진 않았다.

"넌, 또 머시기다냐. 안 비킬 텨?"

"난, 이 아이의 오빱니다."

"아이고 그러요. 오빠, 아니, 형님. 흐흐흐. 형님은 빠지쇼.
내 천사님하고 술 한잔하고 올 텐게."

순식간에 상황이 걷잡을 수 없는 방향으로 흘러갔다.

송엽은 당황했고 마동식의 표정은 딱딱하게 굳었고 희진
은 겁에 질려 버렸다.

그러자 두목 깡패가 나섰다.

"아야, 태호야 애기 놀래잖냐. 그만 겁주고 이리 데꼬 온
나."

"네, 형님."

명령을 받은 태호는 대뜸 희진의 손목을 낚아채려 했다. 희

진은 놀라 뒤로 물러났고 그사이로 마동식이 끼어들었다.

"물러나!"

평소의 마동식이라면 절대 못할 행동이다.

"이 노마가 죽을라고……. 빨리 안 비켜?'

그래도 마동식은 움직이지 않았다. 마동식은 낮은 목소리로 말했다.

"못 비킨다. 저리가라!'

마동식가 부하 깡패가 대치하고 있자 두목 깡패가 역정을 냈다.

"뭐 이리 시끄럽다냐. 민호야 니가 가서 정리 좀 해라."

민호라고 불린 깡패는 여자처럼 가냘픈 몸매에 유달리 하얀 피부를 가진 미소년 타입의 청년이었다.

생김새와 달리 민호는 셋 중 성격이 제일 급한 것처럼 보였다.

마동식에게 다가간 민호는 대뜸 마동식의 정강이를 구둣발로 차버렸다.

상황을 지켜보던 송염은 얼른 마지막 한 번 남은 스톤스킨 버프를 마동식에게 걸었다.

"동식아 시작해."

"알았다."

송염이 시작이라고 말하면 마동식은 상대를 제압한다. 이런 상황에 대비해 송염과 마동식이 미리해 둔 약속이다.

다행히 마동식은 약속을 기억하고 있었다.

마동식은 손을 휘저으며 민호를 공격했다.

그 모습을 보던 두목 깡패가 송염에게 말했다.

"느그 큰일났다. 민호가 저래 얄쌍하게 생겼어도 합해서 단이 10단이 넘는다. 저놈아 눈이 돌아 불면 나도 못 말린다."

"……."

아차 싶었다.

맞아도 아프지 않는다는 사실이 때릴 수 있다는 사실과 연결되지 않는다는 사실을 간과했다.

상황은 두목 깡패의 말대로 흘러갔다.

민호는 날렵한 매처럼 마동식을 공격했고 마동식은 샌드백처럼 그 공격을 온몸으로 받아들였다.

"정말로 안 아픈 갑다. 너희 기술 진짜네. 좋아. 좋아."

두목 깡패가 박수를 치며 좋아했다.

'이 똥 같은 버프. 나에게 쓸 수만 있어도…….'

송염은 군대에서 딴 태권도 단증은 있다. 맞아도 아프지 않으면 민호가 아니라 민호 할아버지가 와도 이길 자신이 있었다.

하지만 현실은 그렇지 않았다. 민호는 자신이 어떻게 해볼 수 없는 강자였다.

그 와중에도 태호가 희진의 손목을 잡고 끌고 오고 있었다.

남자의 손이 손목을 잡자 희진이, 아니 순실이 잊고 있었던, 아니 잊고 싶었던 어떤 기억을 떠올렸다.

어둡고 차가운 방.

창문이 없어 빛 한 줌조차 들어오지 않는 방에 갇힌 순실의 유일한 친구는 쥐며느리였다.

순실은 열 번을 먹어도 배가 부르지 않을 배급량 중에서 옥쌀 알갱이 몇 개를 남겨 쥐며느리에게 주었다.

"넌 좋겠다. 옥쌀 한 알갱이만으로 배가 부르잖음. 난 내 기억으로는 한 번도 배가 부른 적이 없단다."

끼이이익!

벌겋게 녹이 슬어 붉은 녹물이 흘러내리는 철문이 심장을 갉아 내리며 열렸다.

"……."

순실은 반사적으로 방의 가장 안쪽 구석에 쥐며느리처럼 몸을 구부리고 앉았다.

'제발, 제발, 제발……'

아마도 북한이 아닌 다른 나라 사람이었다면 이때 하느님,

부처님, 모하메드, 알라를 찾았겠지만 불행하게도 순실은 신의 존재를 몰랐다.

그래서 순실의 절실한 기도는 대상이 없어 입속에서만 맴돌다 사라졌다.

저벅!

저벅!

저벅!

무거운 군화 소리가 다가왔다.

그리고 묵직한 남자의 목소리가 들렸다.

"벗으라우."

순실은 소망을 담아 소원을 입 밖에 냈다.

"제발, 제발……. 살려주시라요."

소원은 전혀 다른 방식으로 응답이 이뤄졌다.

너무나 오래 씻지 못해서 헝클어질 대로 헝클어진 순실의 머리에 발길질이 날아왔다.

퍽!

"끅!"

순실은 칠순이 넘은 할머니의 목소리로 고통을 참으며 손으로 머리를 감쌌다.

발길질은 멈추지 않았다.

너무나 가냘파서 너무나 오래 굶어서 다섯 살 아이 손목보다 가는 순실의 팔 위로 무자비한 발길질이 계속되었다.

퍽!

퍽!

순실은 이 고통을 멈추는 방법을 두 가지나 알고 있었다.

첫 번째 방법은 혀를 깨물어 자살하는 것!

그리고 두 번째 방법은 보안원의 요구를 들어주는 것!

첫 번째 방법은 실행에 옮길 수 없었다.

'오마니가 살아남으라고 하셨어. 절대로 살아남으라고 하셨어.'

퍽!

퍽!

온몸이 부서져 깨질 것 같은 고통은 순실의 선택을 강요했다.

결국 순실은 자신의 선택을 실행에 옮겼다.

"내래 잘못했슴다."

순실은 웅크렸던 몸을 풀고 다리를 벌렸다.

그러자 날아오던 발길질이 멈추고 고통 또한 멈췄다.

하지만 그것은 더 큰 고통을 맞이하기 위한 아주 잠시의 휴식에 지나지 않았다.

희진은 소리쳤다.

"제발, 제발, 오빠!"

더 이상 두고 볼 수 없었던 송염은 희진에게 달려가려 했다.

하지만 그 시도는 두목 깡패가 송염의 다리를 걸어 넘어뜨리는 바람에 실패하고 말았다.

"어딜 가 임마."

연이어 발길질이 날아왔다. 송염은 고통을 무시하고 몸을 일으켰다.

그때 송염의 시야에 놀라운 광경이 펼쳐졌다.

"컥!"

민호가 허공을 날아가는 모습이 보였다.

그런 상황을 만든 사람은 마동식이었다.

마동식은 완벽한 파이팅 자세를 취하고 있었다.

민호를 한 방에 날려 버린 마동식이 태호를 향해 달려가며 소리쳤다.

"놔!"

"이놈이 미쳤나."

태호가 희진의 손목을 놓고 주머니에서 반짝거리는 주머니칼을 꺼내 들었다.

땅에 주저앉은 희진이 소리쳤다.

"오빠 조심해!"

태호의 주머니칼이 마동식을 향해 날아갔다.

마동식은 칼을 피하지 않았다. 그렇다고 스톤스킨 버프를 믿고 몸으로 받지도 않았다.

마동식은 왼손을 휘저어 칼을 든 태호의 손을 감아 쳐냈다.

꽝!

마동식의 바디 체크가 태호의 가슴에 적중했다.

태호가 끈 떨어진 연처럼 날아갔다.

마동식은 거기서 멈추지 않았다.

송염은 몸을 돌려 달려오는 마동식이 마치 한 자루의 날카로운 검 같다고 느꼈다.

그것은 평소에 송염이 알던 겁 많은 마동식이 아니었다.

마동식이 소리도 없이 달려오자 두목 깡패는 밟고 있던 송염을 놔주고 비겁하게 도망치기 시작했다.

그리고 소리가 들렸다.

삑!

삐이익!

누군가 신고했는지 경찰이 나타났다.

도망치던 두목 깡패는 곧장 경찰의 품에 뛰어든 꼴이 되었다.

경찰들은 능숙하고 빠르게 현장을 정리했다.

민호는 팔이 부러진 듯했고 태호는 갈비뼈에 금이 간 것 같아 병원으로 이송되었다.

송염 일행과 깡패 두목은 경찰차에 태워져 경찰서로 연행되었다.

경찰서로 가는 경찰차 안에서 희진이 물었다.

"오빠, 괜찮아?"

"난 괜찮다. 넌? 많이 놀랐지?"

"아냐. 조금… 그런데 우린 어떻게 되는 거야?"

"저놈들은 깡패야. 우린 아무 잘못 없다고…….."

"그렇겠지. 그래야 해. 내일 방송국에 가야 하잖아."

"걱정하지 마."

그런데 정작 상황은 그렇지 못했다.

경찰차를 운전하던 경찰관이 말했다.

"저쪽이 깡패라고 해도 두 명이나 병원에 실려 갔습니다. 어쩌면 저놈들이 폭행으로 고소할지도 몰라요."

"네? 말이 됩니까?"

"법이 그런 걸 어떻게 합니까. 저쪽이 시비를 걸었어도 많이 다친 쪽이 유리한 게 법입니다."

"……."

그 소리를 들은 마동식이 침중한 표정을 지으며 사과해

왔다.

싸우는 모습을 보고 난 뒤인지는 알지 못하지만 송염은 그런 마동식의 모습이 이전과는 사뭇 다르게 느껴졌다.

"미안하다, 염아. 나 때문에……."

"아냐, 무슨 소리야. 넌 잘못한 것 없어. 설령 그렇더라고 해도 넌 신경 쓰지마. 정당방위야, 정당방위."

큰소리는 쳤지만 솔직히 불안했다.

사실 깡패들이 한 폭행은 송염의 정강이를 발로 찬 것과 희진의 손목을 잡은 것뿐이다.

물론 마동식이 엄청나게 얻어맞기는 했지만 스톤스킨 버프 덕분에 몸에 상처 하나 없다.

반면에 경찰관의 말처럼 깡패들은 두 명이 병원으로 실려 갔다.

결과만 놓고 보면 이건 일방적인 폭행이다.

'꼬인다, 꼬여.'

달리 방법이 없으니 부딪쳐 보는 수밖에 없다고 스스로 위안하는 송염이다.

그런데 경찰서에 도착하자 상황이 다시 이상하게 흘러갔다.

조서를 쓰려던 경찰이 악을 질렀다.

"얌마, 조덕구. 그 말이 말이야?"

"말이 안 될 건 또 뭡니까. 사실이 그렇다는데……"

조덕구는 두목 깡패의 이름이었다.

"그러니까 네 말은 처음부터 폭행은 없었고 저 사람들이 무술 고순데 그 무술을 전수받았다. 그러다 다친 거다. 그러니 이 모든 사태는 너와 네 똘마니의 부주의 때문에 생긴 거다. 다 너희 책임이다. 이거 아냐."

"몇 번을 말해요. 잘 요약하셨구만. 그건 그렇고 김 형사님 국밥이나 한 그릇 시켜주쇼. 배고파 죽겠소."

"이, 이 자식이……"

조덕구는 경찰서에 도착하자마자 태도를 일변했다.

그는 한사코 이 모든 사태가 무술시범 중 벌어진 일종의 해프닝이라고 주장했다.

깡패들을 잡아넣을 생각이 아니라면 굳이 송염도 조덕구의 주장이 틀렸다고 할 필요는 없었다.

괜히 조덕구가 앙심이라도 품으면 오히려 다치는 사람은 송염과 마동식과 희진이다.

송염과 조덕구 사이에 무언의 합의가 이뤄졌다.

송염마저 조덕구의 말처럼 무술시범이었다고 부득부득 우기니 경찰도 더 이상 어떻게 할 수 없었는지 양측은 모두 훈방 처리되었다.

경찰서를 나온 송염은 잔뜩 긴장해 조덕구에게 물었다.

"복수하려는 것 아니죠?"

"복수?"

조덕구가 담배를 꺼내 피워 물었다.

담배를 깊게 한 모금 빨아들이고 내뱉은 조덕구가 말했다.

"그딴 거 모릅니다. 그럼 담에 봅시다."

"다음?"

"크크크크. 좋은 꿈꾸쇼."

조덕구가 허허거리며 사라졌다.

생각해 보면 이상한 사람이다. 경찰서에 오고 난 후로는 사투리조차 쓰지 않았다.

'사투리도 이상했어, 전라도, 충청도, 경상도 사투리가 모두 섞여 뒤죽박죽이었으니까.'

어쨌든 조덕구가 돌아가는 것으로 허무하게 밤의 활극이 끝이 났다.

많이 놀랐을 두 오누이를 다독여 줘야겠다는 생각이 들었다.

누가 뭐래도 두 사람에게 한국은 타향이다.

한국이 저런 쓰레기들만 살고 있지 않다는 사실을 꼭 말해 주고 싶었다.

'그리고 무엇보다 묻고 싶은 것도 있고……'

송엽은 우울했던 기분을 던져버리고 활기차게 말했다.

"놀랬지? 이제 끝났다. 밥 먹으러 가자."

당연히 먹보 오누이는 대찬성이었다.

"그래, 오빠."

"배고프다. 얼른 가자."

큰일도 치렀고 내일은 방송출연을 위한 미팅이다.

처진 기분을 업시켜 파이팅할 필요가 있었다. 그래서 송엽
은 오늘 큰 무리를 하기로 결정했다.

송엽이 스마트폰 검색을 통해 고른 식당은 무려 홍대 인근
의 유명 최고급 소고기 구이 전문점이었다.

가정집을 개조해서 만든 듯한 깔끔한 식당 안으로 들어가
자 깨끗한 계량 한복을 입은 여종업원이 다가와 환하게 웃으
며 일행을 맞이해 주었다.

"룸으로 안내해드리겠습니다."

"네? 네······."

송엽은 이런 고급 소고기집을 와본 경험이 전혀 없다. 물론
희진과 마동식은 더욱더 그렇다.

종업원은 일행을 고가구와 꽃이 꽂힌 화병으로 장식된 방
으로 안내해 준 다음 메뉴판을 건네주었다.

메뉴판을 확인한 송엽은 순간 얼음이 되었다.

"왜 그래 오빠?"

뭔가 이상한 눈치를 챈 희진이 메뉴판을 빼앗아 갔다.

"헉, 이게 뭐야. 이래도 되는 거야?"

메뉴판에 적힌 가격은 한우 암소 꽃등심 1인분 150g의 가격은 무려 40,000원! 눈이 튀어나올 정도로 비싸다.

화들짝 놀란 희진이 엉덩이를 떼며 말했다.

"나가자. 우리 동네 가면 여기 2인분 가격으로 삼겹살 20인분에 밥과 술까지 먹을 수 있어."

물론 백 번 천 번 옳은 소리지만 그럴 순 없다.

예상보다 두 배는 비싼 가격이지만 오늘만큼은 희진과 마동식에게 정말 좋은 것을 먹여주고 싶었다.

"뭐, 이정도면 괜찮네. 1인분 120g에 60,000원이 넘는 집도 있어."

"세상에……. 그런 비싼 고기를 누가 먹어?"

"누가 먹긴, 사람이 먹지."

"그럼, 그런 사람은 누구야?"

"음……. 내 돈으로 안 먹는 사람! 그러니까 너와 네 오빠 같은 사람. 크크크크."

"뭐야 그게……."

"생각해 봐라. 이 비싼 걸 내 돈 주고 어떻게 사 먹냐? 그러니 접대나 회식 자리에서 회사 돈으로 먹는 거지. 물론 부자야 상황이 다르겠지만."

"크크크크. 듣고 보니 그렇네. 하여튼, 그럼 이걸로 시켜."

희진이 가리킨 것은 1인분에 13,000원짜리 불고기 백반이었다.

"됐네. 거기 옆에 벨 눌러라. 주문하게."

희진은 끝까지 불안한 모양이었다.

"그럼 조금만 시켜. 맛만 보고 다른 곳으로 옮기자."

"네네, 잔소리 대마왕님."

송염은 통 크게 일단 한우 암소 꽃등심을 3인분 시켰다.

그리고 이내 숯불이 피워지고 고기가 들어오자 두 남매의 표정이 변했다.

"사진에서는 봤지만 한국에서 실제로 이 정도 고급 소고기를 본 건 처음이야. 정말 예쁘다."

"그럼 북한에서는?"

"한 번도 못 먹어봤어. 있기야 있겠지. 하지만 일반인은 구경도 못해."

잠자고 등심의 마블링을 감상하고 있던 마동식이 덧붙였다.

"북한에서 소는 인간보다 귀해. 중장비나 차가 부족하고 있더라도 기름이 없어 운행을 못해 소는 귀중한 노동력이거든. 그래서 무단으로 소를 한 마리 잡으면 노동교화소 8년이야."

"컥! 소 한 마리 잡았다고 징역을 8년씩이나 먹인단 말이야?"

"놀라긴 일러. 두 마리 잡으면 총살형이야."

"……."

설탕이 귀한 나라와 그 설탕이 몸에 안 좋다고 안 먹는 나라.

결국 두 나라 다 설탕을 안 먹는 것은 똑같지만 이유가 180도 다르다.

소가 사람보다 귀한 나라. 그래서 소에 해를 끼치면 사람을 죽이는 나라 북한.

그 소고기가 부족해 미국에서 호주에서 수입하는 나라, 한국.

한국과 북한은 너무 달라도 달랐다.

"쓰읍. 입맛 달아난다. 그만하고 먹자. 이 정도 고기는 한국 사람도 쉽게 못 먹어."

희진이 반색을 했다. 그녀는 동석에게 말했다.

"응. 그리고 오빠."

"왜?"

"이거 보니 한 점에 5,000원 꼴이야. 막 먹지 마. 알았어?"

"그래 알았어. 알았다고……."

송염은 조심스럽게 소고기를 세 점 숯불에 올렸다.

치이이익!

듣기만 해도 몸서리쳐 지게 좋은 소리가 귀를 즐겁게 했다.

고기를 살짝 핏기만 가시게 익힌 다음 송염은 말했다.

"자, 아무것도 찍지 말고 먹어봐."

"응."

"알았어."

좋은 고기였다.

입에 넣고 살짝 씹자 결대로 부서지며 육즙이 입안에 퍼졌
다.

정말 맛있는 것을 먹을 때 인간은 행복해서 웃는다.

지금이 딱 그랬다.

"후후후후."

절로 웃음이 터져 나왔다. 이 기쁨을 마씨 남매와 나누고
싶었다.

"어때? 맛이?"

송염은 웃음을 멈췄다.

"……."

"……."

희진이 울고 있었다.

동석도 울고 있었다.

송염은 이유를 묻지 않았다. 묻지 않아도 그 이유를 알 것

같았다.

두 사람도 분명 한국에 와서 소고기를 먹어봤을 터다.

아마도 두 사람의 형편상 수입 소고기였겠지만 어쨌든 그 때는 송염이 지금 그랬던 것처럼 마음껏 웃었을 것이다.

아~ 말로만 듣던 그 소고기가 바로 이것이구나 하고 말이다.

그런데 이제 정말 진짜 한우 암소 등심을 먹었다. 그리고 알고 있던 상식이 부서졌다.

'억울하겠지.'

그랬다. 억울할 것이다.

같은 하늘 아래 살면서 어느 쪽은 소고기를 구경도 못하고 살았고 어떤 쪽은 더 맛있게 더 좋게 개량하고 또 개량해 등급화된 소고기를 먹고 있다.

소똥 속의 소화되지 않은 옥수수 알갱이를 골라 먹고 허기를 달랬던 남매다.

억울한 것이 맞다.

희진이 눈물을 닦으며 말했다.

"아~ 창피해. 예쁘게 화장했는데 다 번졌어. 정말 맛있다. 이런 고기는 처음 먹어봐."

마동식도 소감을 피력했다.

"그냥 입에서 녹구만 이 고기. 얼음보숭이간? 정말 죽인다야."

얼마나 맛있었는지 무려 북한말이 튀어나왔다.

"오빠!"

"너!"

웃음보가 터졌다.

"크크크크."

"호호호호."

"하하하하하."

울음은 한 번으로 족했다.

"먹자."

"응."

"잘 구어라."

송염은 굽고 남매는 먹었다. 고기는 순식간에 사라졌고 송염은 다시 고기를 추가시켰다.

이번에는 희진도 송염을 막지 않았다. 대신 이렇게 말했다.

"돈 많이 벌 거야, 오빠."

"그래, 많이 벌어라. 그래서!"

"소고기 사 묵겠지."

"크크크. 어쭈, 유행어도 알고?"

"나도 한국 사람 된 지 벌써 3년째야. 아직 많이 부족하지만 한국 사람이라고!"

진공이 아니면 공기의 소중함을 모르듯이, 사막이 아니면 물의 소중함을 모르듯이 송염은 자유의 소중함을 망각하고 살았었다.

송염은 두 사람 덕분에 그 소중함을 뼈저리게 느끼고 있었다.

Chapter 12
스타퀸

SBC방송국에 도착해서 전화를 걸자 김계숙 대신 더 어려 보이는 여성이 일행을 마중 나왔다.

 "김 작가님은 회의중이시라서 제가 나왔습니다. 따라오세요."

 방문증을 받고 방송국 안으로 들어가자 여기저기 낯이 익은 사람들의 얼굴이 보였다.

 "저 사람 유재덕 아냐? 메뚜기 말이야 메뚜기!"

 "저 여잔 아침을 열다 진행하는 박영선 아나운서야."

 "개그맨이다, 개그맨."

"아이돌 가수야. 세상에 나 저 그룹 엄청 좋아하는
데……."

텔레비전을 그다지 잘 보지 않는 송염과 달리 텔레비전의
광팬인 두 남매는 고개를 두리번거리며 유명 연예인들의 이
름을 대기 바빴다.

예능국이 있는 6층의 한 대기실로 들어가자 회의를 마치고
나온 김계숙이 세 명의 보조 작가들과 기다리고 있었다.

"왔네요. 앉으세요. 차 뭐 드실래요?"

송염은 물을 희진은 쥬스를 마동식은 녹차를 택했다.

그 모습을 본 김계숙이 웃었다.

"호호호호, 어째 음료와 여러분 개개인의 이미지가 딱 어
울리네요."

음료가 준비되자 드디어 사전 인터뷰가 시작되었다.

질문은 리더인 송염으로부터 시작되었다.

"가볍게 인적 사항부터 시작할게요. 부모님은 어떤 일을
하시나요?"

"어머니는 돌아가셨고 아버지는……."

송염은 잠시 망설인 후 말했다.

"제가 어렸을 때 어머니와 이혼하시고 지금은 해외에 계십
니다."

"그렇군요."

질문은 계속되었고 대부분 평이해 대답하기 쉬웠다.

하지만 마지막 질문은 만큼은 그렇지 않았다.

"마지막 질문이에요. 그 기술은 마술인가요? 아니면 눈속임?"

"절대로 아닙니다."

송염의 대답이 의외였는지 김계숙이 되물었다.

"설마 진짜 수련에 의한 것이라고 말하는 건 아니겠지요?"

"따지자면 그렇습니다. 만일 저희의 기술이 눈속임이나 거짓이라면 밝혀내십시오. 혹시 문제가 생기면 모두 책임지겠습니다."

송염의 대답이 딱딱해지자 김계숙이 말했다.

"화가 났다면 미안해요. 스타퀸에는 차력사도 나왔고 요기들도 출연했어요. 물론 마술사도 있었구요. 그중에는 거짓말쟁이도 있었고 정말 평생을 수련해서 놀라운 묘기를 보여준 분도 있었죠. 하지만 우리에게는 사실이냐 거짓이냐가 아니라 그 묘기를 본 시청자가 기뻐하느냐가 더 중요해요. 다시 말해 그 기술이 사실이든 거짓이든 우리에겐 별 상관없어요."

"네……"

예상대로다.

송염은 남몰래 안도의 한숨을 내쉬었다.

방송에서 가장 중요하게 생각하는 것은 시청률이지, 사실 여부는 따지지 않으리라 여겼다. 그 예상이 맞았다.

게다가 송염은 버프에 대해 설명할 수도 없었고 하기도 싫었다.

설명할 수 없는 것을 이해시키는 것처럼 난감한 일도 없는 것이다.

송염의 인터뷰가 끝나자 김계숙이 작가들과 잠시 대화를 나눴다.

"약하지?"

"뭔가 사연이 있어야 시선을 끌어당길 수 있는데요."

"네, 결정적인 스토리가 없어요."

"해외에 계신 아버지로부터 배웠다. 이상할까?"

"이상하죠. 뻔히 초, 중, 고, 대학을 서울에서 나왔는데요. 사정을 아는 동창들이 게시판에 글이라도 올리면 난감해요."

"그렇지."

대화를 마친 김계숙은 이번에는 희진에게 질문을 던지기 시작했다.

"고향이 어디죠?"

"회령이에요."

"회령이요?"

김계숙이 작가들 쪽을 돌아보며 물었다.

"회령이 어디지? 충남인가?"

"충남은 보령 아닌가요?"

"그렇지? 회령이라……."

대화를 듣던 희진이 대답했다.

"회령은 북한에 있어요. 정확히는 함경북도 회령군 창두면이 고향이에요."

"……."

"……."

"……."

작가들이 서로 눈빛을 맞췄다. 그녀들의 눈빛은 먹잇감을 포착한 매의 그것과 같았다.

"탈북자예요?"

"맞아요. 3년 전 넘어왔어요."

"북한말을 전혀 안 쓰서서 전혀 몰랐어요."

"지금도 급하면 나옵네다. 남한 말씨를 빨리 배우려고 해도 워낙에 영어가 많아 힘듭네다. 이케 말임다. 어째 비슷함까?"

센스있게 희진이 북한 어투를 사용하자 작가들이 무척 기뻐했다.

출연자에게 가장 중요한 스토리가 생긴 것이다.

그것도 탈북자에 어리고 예쁘기까지 하니 대박 중의 대박 스토리다.

인터뷰가 이어졌다.

그런데 질문이 계속되고 희진의 말이 계속될수록 대기실의 공기가 무거워졌다.

작가들의 표정도 점점 더 딱딱해졌다.

급기야 눈물을 흘리는 작가들도 있었다.

그만큼 작가들에게 생소할 북한에서 겪은 희진의 이야기는 슬펐고 또 아팠다.

"그럼 마동식 씨가 희진 씨의 오빠?"

"그렇습니다. 제 하나뿐인 오빠예요."

"전혀 안 닮았어요."

"오빠는 아빠를, 저는 엄마를 닮았거든요."

작가들은 마동식과의 인터뷰도 거르고 곧장 회의에 들어갔다.

"북한에서 비밀리에 전해오는 고무술 어때요?"

"흠."

한 작가의 제의를 들은 김계숙이 송염에게 물었다.

"혹시 무술할 줄 알아요?"

"군에서 딴 태권도 1단요."

"동식 씨는요?"

"없습니다."

대답을 들은 김계숙은 실망한 표정이 역력했다.

하지만 사실이 그러니 달리 방법이 없었다. 고무술을 한다고 하면 최소한 시범은 보여야 하는데 그럴 수 없기 때문이다.

작가들은 다시 회의를 시작했다.

김계숙과 마동식의 짧은 대화를 듣던 송염은 문득 한 가지 장면을 떠올렸다.

칼을 든 태호에게 달려들던 마동식의 모습이다.

그때 마동식은 스톤스킨 버프 상태였음에도 칼을 피하지 않았다.

'손을 뻗어 오른쪽으로 180도 튼 다음 휘리릭 하고 태호란 놈의 팔을 감아 돌렸어.'

그 모습은 마치 쿵푸의 한 동작을 연상시켰고 당연히 평소 겁 많은 마동식에게선 절대로 나올 수 없는 움직임이었다.

송염은 마동식을 바라보았다.

마침 마동식도 송염을 바라보고 있었다.

송염이 입을 열려 하자 마동식이 천천히 고개를 저었다. 그리고 다른 사람에게 들리지 않게 조용히 말했다.

"너의 비밀처럼 나도 비밀이 있어. 지금은 묻지 말아줘. 하

지만 말할 수 있는 순간이 오면 가장 먼저 너에게 이야기하겠
다고 약속할게."

송염은 마동식의 아주 작은 비밀을 엿본 것 같은 기분이 들
었다.

그것으로 충분했다. 마동식의 말처럼 각자의 비밀이 있었
고 상대가 말하지 않은 이상 물어보지 않는 것이 친구였다.

꽤 길었던 작가들 회의의 결론은 원점으로 돌아갔다.

"북한의 알려지지 않은 고무술. 이걸로 가죠. 닉네임도 마
도사로 그대로 가구요. 마 도사님이 전승자고 희진 씨는 사
제, 그리고 송염 씨는 한국에서 인연이 닿아 그 무술을 배우
고 있는 수련자쯤으로 해요. 괜찮겠죠?"

"너무……."

송염은 망설이다 말했다.

"조작 아닙니까?"

리얼 버라이티를 표방하는 여러 예능 프로그램이 조작 논
란으로 물의를 일으킨 적이 있다.

조작에 가담하는 일은 찝찝함을 넘어 양심에 가책이 생기
는 일이다.

어쩌면 무례할 수도 있는 송염의 질문에 김계숙은 웃음으
로 반응했다.

"호호호호, 조작이요? 송염 씨, 송염 씨의 그 기술이 조작인가요?"

"절대로 아닙니다."

"마동식 씨와 마희진 씨가 북한에서 온 것도 조작인가요?"

"아뇨."

"그럼 뭐가 문제죠? 능력도 진실, 출신도 진실. 혹시 송염 씨는 방송에 출연하는 모든 출연자가 소설 속 주인공처럼 파란만장한 이야기를 가지고 있다고 생각하는 건 아니겠죠?"

"……."

"그렇다면 큰 오산이에요. 캐릭터라는 말이 있죠. 방송은 사람의 깊은 내면을 보여줄 수 없어요. 보는 시청자도 좋아하지 않구요. 그래서 우리 작가들은 그 사람을 최대한 단순화시켜 특징적인 캐릭터를 만들죠. 그리고 출연자는 그 캐릭터를 연기하는 거예요."

김계숙은 단정적으로 말했다.

"시청자는 제작자가 보여주고 싶어 하는 것만 보는 것 그것이 바로 방송이에요."

송염은 되물었다.

"방송 속의 성격을 보고 화내고 좋아하는 것은 바보나 하는 짓이군요."

"꼭 그렇진 않아요. 요즘은 SNS와 스마트 폰이 있어 밖에

서 전혀 다른 행동을 하면 쉽게 뽀록이 나거든요. 요는 90퍼
센트의 리얼에, 10퍼센트의 스토리를 덧입힌다는 거예요."

"아무리 그래도 고무술은 좀……."

김계숙이 웃었다.

"송염 씨 우리 솔직해지죠. 왜 길거리 공연을 시작한 거
죠?"

"그야……."

"까놓고 이야기하죠. 돈이 목적이죠? 유명해져 돈을 벌자.
아닌가요? 자 생각해 보세요. 스토리를 가지고 방송에 나와
인기를 얻었다고 가정해 봐요. 모르긴 몰라도 당신들에게 그
무술을 배우겠다는 사람이 엄청나게 몰려들걸요. 다른 방송
에서도 당신들에게 출연 요청을 하겠죠. 그럼 더 유명해지
죠."

현대사회에서 지명도는 바로 돈이다.

김계숙은 바로 그 점을 지적하고 있었다.

'대단한 여자야.'

송염은 인간 김계숙 그 자체에 매료되고 있었다.

아무리 봐도 이제 겨우 송염 또래로 보이는 김계숙은 확고
한 자기 신념이 있는 여자였다. 무엇보다 그녀는 타인을 '잘'
설득할 줄 알았다.

고집이라면 한 고집하는 송염을 설득한 것만 봐도 그랬다.

"알겠습니다. 말씀대로 하겠습니다."

"좋아요."

구질구질 뒷말도 길지 않았다.

송염에게서 시선을 돌린 김계숙은 작가들에게 명령을 내리기 시작했다.

"코디네이터, 메이크업 아티스트, 헤어 아티스트 모두 데리고 와."

"네, 김 작가님."

작가들이 대기실을 나가자 송염은 김계숙에게 물었다.

"김 작가님은 어떻게 그렇게 말씀을 잘하십니까?"

"호호호호, 제가 좀 말이 많은 편이죠?"

"아뇨. 그런 말이 아니라 말씀을 정말 조리있게 잘하시네요. 그 방법이 궁금해서요."

"딱히 방법이 있겠어요? 아~ 한 가지 방법이 있다면 책을 많이 읽으세요. 닥치는 대로요. 그럼 말을 조리있게 하게 되는 효과가 있어요. 그리고 가능하다면 대화를 많이 하세요. 어쭙잖은 농담 따먹기는 안돼요. 한 가지 주제를 놓고 진지한 대화를 하는 것이 필요해요."

"아~ 네. 감사합니다."

요즘 송염은 하루의 절반 정도를 욕조에서 지낸다. 그 시간 동안 송염은 멍 때리거나 아니면 스마트폰으로 웹서핑을 하며 시간을 보낸다.

'책을 좀 읽어야겠어.'

훗날 이 결정이 송염 자신과 김계숙 두 사람 모두에게 엄청난 변화를 줄 것이라는 사실을 이 시점에서 송염이 알 수 있는 방법은 없었다.

희진을 맡은 메이크업 아티스트는 약간은 게이 같아 보이는 남성이었다.

"난, 세리 박이라고 해. 세리라고 불러."

"아~, 네……."

"어디 보자. 음……?"

여성스럽게 조근 조근 이야기하던 세리 박의 표정이 급변한 것은 희진의 화장을 지우면서 였다.

"이 화장 자기가 했어?"

"네? 네……. 제가 했는데요."

직접 했다는 소릴 들은 세리 박이 흥분하기 시작했다.

"화장 어디서 배웠어?"

"여기저기서요."

"여기저기 어디? 구체적으로!"

"친구에게 잠깐. 그리고 혼자 텔레비전 보고……."

"막 그렸구나!"

"네."

"후와~ 다이아몬드에 똥칠을 해놨어. 내가 미쳐. 정말 미쳐."

세리 박은 크게 한숨을 쉰 다음 희진의 메이크 업을 새로 시작했다.

그는 우선 단 한 번도 손질한 적이 없는 희진의 눈썹과 이마의 잔털을 다듬었다.

"첨 봤어. 첨 봐. 세상에 대학생이라며? 대학생이 어떻게 이 지저분한 털들을 그냥 놔둘 수 있어?"

세리 박의 질책이 심해질수록 희진의 목소리는 비례해서 기어들어갔다.

"화장을 거의 안 해서……."

"여자가 자신을 가꾸지 않는 것은 자신에 대한 기만이야. 기만! 기만 알아?"

"네……."

"어휴 이 털 좀 봐. 하지만 기대해도 좋아. 이제 이뻐질 테니까."

"그런 말씀하지 마세요. 전 평범한 얼굴이에요."

"누가 그래?"

"누구긴요. 전부 다죠. 제가 살던 동네에서는 동글동글하고 복스럽게 생긴 얼굴이 최고 미인이라구요."

"말도 안 되는 소리. 어디 북한에서라도 온 거야?"

"맞아요."

"……."

희진이 북한에서 왔다는 소리를 듣고 세리박이 놀란 것은 당연하다. 하지만 세리박이 놀란 포인트는 작가들과 달랐다.

"그럼 너 이 코도, 눈도 전부 원판 그대로야?"

"원판이 무슨 말인지 모르겠지만 어머니가 낳아주신 그대로예요."

"오 마이 갓! 뷰티플, 원더플. 엑설런트. 고져스!"

"……."

"기대해. 내가 너에게 묻은 똥덩어리를 모두 닦아내고 반질반질하게 윤을 내줄게."

"……."

세리박의 장담은 사실이었다.

시간이 지나가고 메이크업이 진행되면서 주변 사람들의 시선이 희진에게 모이기 시작했다.

"세상에……."

"어쩜……."

"얼굴 속에 김희선도 있고……. 한가인도 있고……. 손예진도 보여."

"하지만 절대 강한 인상은 아냐. 오히려 여려."

"저 눈빛 봐. 보기만 해도 슬퍼."

"남자들이 보면 오금이 저리겠다."

특히 김계숙의 반응은 폭발적이었다.

"10승 가자, 10승! 아무것도 안 하고 저 얼굴로 무대에 서 있기만 해도 10승이다. 호호호호. 야, 누구 가서 임 피디 오라 그래."

막내 작가가 뛰어나가고 잠시 후 한 중년 남자가 들어왔다.

"바쁜데 왜 부르고 난리야?"

"여기 봐요. 시청률 20퍼센트짜리 얼굴."

"……."

잠시 말이 없던 임 피디가 소리쳤다.

"A스튜디오 비우라고 해. 카메라, 조명 준비시켜."

또 한 사람이 뛰어나가자 그제야 임 피디가 물었다.

"누구야?"

김계숙이 대답했다.

"제가 보여줬던 동영상 속의 여자."

"그 두들겨 맞던?"

"맞아요."

"그때도 예쁘긴 예뻤지만 이 정돈 아니었는데?"

"어두웠고 스마트폰 카메라였고 무엇보다 쟤가 화장을 할 줄 몰랐어요. 그래서 세라 박이 손을 대니까 확 바뀐 거예요."

"나이는?"

"스물두 살. 명문 여대 법대생. 완전히 본판 얼굴. 게다가!"

"게다가 뭐? 얼른 이야기해 봐."

"탈! 북! 자!"

"허~"

"3년 전 탈북. 공장에서 2년 일하고 그동안 검정고시 패스 대입 준비해서 단박에 법대 합격!"

"센세이션하겠구만."

"그렇죠?"

"잘 했어. 역시 김 작가야. 먼저 카메라 테스트부터 하자 고. 그리고……"

임 피디는 김계숙을 밖으로 데리고 나갔다.

그는 주변을 살피더니 조용히 속삭였다.

"출연계약서 잘 써. 출연료 신경 써주고 어떻게 등장시킬 건지도 잘 연구해 봐."

"걱정 마세요. 아직 소속된 기획사도 없어요."

"내가 몇 군데 전화해 볼 테니 그 이야긴 꺼내지 마."

"알았어요."

카메라 테스트 결과도 최상이었다.

화면에 비친 희진은 여신처럼 아름다우면서도 사람의 마음 깊숙한 곳에 있는 무언가를 건드리는 처연함이 있었다.

임 피디는 대만족했고 김계숙도 입이 찢어졌다.

하지만 이 모든 사람 중 정작 가장 놀란 사람은 송염과 마동식이었다.

"네 동생 이렇게 예뻤냐?"

"그러게……."

"그러게라니……. 오빠가 돼서 할 말이냐?"

마동식이 억울하다는 표정을 지었다.

"북에 있을 때야 날마다 때에 절어 있었고 한국에 와서도 얼굴은 깨끗해졌지만 화장한 모습을 본 적이 없었다. 게다가 북한은 희진이처럼 가냘픈 얼굴은 인기가 없어. 한국에 오고 나서야 겨우 저 얼굴이 예쁜 얼굴인 줄은 알았지만 이 정돈 줄은 정말 몰랐다."

"하긴 나도 2년이나 함께 같은 회사를 다녔지만 몰랐으니……."

"왜 관심 있냐? 너라면 내 적극 밀어주마."

"아서라. 내 꼴에……. 백수에 빈털터리에 고아다."

"희진이가 그런 것 따질 애냐?"

송염은 시니컬하게 대꾸했다.

"앞으로 따지게 될 거야. 세상이 돈이 사람이 그렇게 만들

거니까."

사실이 그랬다.

세상은 이런 곳이다.

하지만 인정할수록 입맛이 썼다.

내 것을 빼앗긴 기분이 들었다.

방송 출연이 실수라는 생각도 들었다.

그리고 그런 생각을 하는 자신이 미워졌다.

세 사람의 헤이스타일과 의상도 정해졌다.

우선 마동식은 사부답게 긴 곱슬머리를 덧붙여 풀어헤쳐 사자처럼 보이게 했고 하얀색과 청색이 섞인 긴 두루마기를 입게 되었다.

송염은 제자라는 컨셉에 맞게 마동식처럼 긴 머리를 붙여 뒤로 질끈 묶고 검은 무도복과 역시 검은 머리띠를 하게 되었다.

쉽게 컨셉이 정해진 두 사람과 달리 희진의 컨셉을 정하는 데는 시간이 꽤 오래 걸렸다.

결국 희진은 원래 입던 천사옷을 조금 더 발전시킨 하늘하늘한 옷을 입고 머리에 하얀 머리띠를 둘러 청초함을 극대화시키는 방향으로 컨셉이 정해졌다.

계약서는 의외로 간단했다.

"출연료는 회당 300만 원이네요."

"신경 썼죠. 모두 희진 씨 덕분이에요."

"그런데 다음 회부터 10회 출연한다. 중간에 떨어지면 끝 아닌가요? 10회 연속 우승 못 하면요? 그것으로 끝 아닌가요?"

"아니에요. 우승하든 못하든 우선 SBC방송국 프로그램에 출연 10회를 채워야 해요. 그 조건으로 출연료를 올린 거예요. 물론 그때는 여러분 모두일 수도 있고, 희진 씨 혼자일 수도 있어요."

나쁠 것 없다.

우승하면 우승 상금 3,000만 원을 포함해서 6,000만 원을 버는 것이고 우승 못 하더라도 최소한 출연료 3,000만 원을 보장한다.

계약서에는 내부 논의 과정을 외부로 발설하지 않는다는 조항도 들어 있었다.

어쩌면 당연한 조항이다 싶었다.

누가 뭐래도 북한의 잊힌 고무술 어쩌고는 절대적으로 외부로 발설되면 안 되는 사항이기 때문이다.

"이 마지막 항은 뭐죠? 5회 우승할시 3개월, 7회 우승할시 6개월, 10회 우승할시 1년 간 SBC 방송국 이외의 방송에는 출연이 불가하다."

"당연하죠. SBC에서 데뷔해 인기를 얻었는데 그 인기를 가지고 다른 방송국에 출연하면 도리가 아니죠."

듣고 보니 그렇다.

하지만 한 가지 중요한 문제가 남았다.

송염은 조심스럽게 물었다.

"다른 무대는 상관없죠? 예를 들어 밤무대라든지……."

"상관없어요. 방송만 아니면 잡지나 활자매체 인터뷰도 모두 오케이예요."

대답은 명쾌했다.

송염은 다시 한 번 계약서를 주의 깊게 읽은 다음 사인을 했다.

그리고 마동식과 희진도 송염이 하는 모습을 보고 읽어보지도 않고 따라 사인을 했다.

그것으로 가칭 마 사부 일동의 스타퀸 출연이 결정되었다.

"녹화는 다음 주 화요일이에요. 오늘처럼 로비에 와서 전화하면 데리러 나올게요. 그리고 본방은 그 주 일요일 저녁 6시. 기타 자세한 내용은 전화로 이야기해줄게요."

"알겠습니다. 잘 부탁드립니다."

웅성웅성.

방송국 로비에는 사람들의 시선이 한데로 몰리고 있었다.

그들의 시선이 향한 곳에 송염 일행이 있었고, 그들을 바라보는 시선은 모두 희진에게 몰려 있었다.

메이크업을 아직 지우지 않은 희진은 미녀들로 들끓는 방송국 로비에서도 단연 돋보이는 존재였다.

"어색해 죽겠어."

"예쁜데 왜."

"내가 아닌 것 같아. 화장실에 가서 지우고 올래."

"그러지 마. 정말 예뻐. 그리고 넌 너야."

"정말 그렇게 생각해? 오빠?"

"당연하지. 내가 거짓말하는 거 봤냐?"

"아니. 알았어."

"그리고 앞으로 이 모습에 익숙해져야 해. 너 스스로도 이렇게 화장할 줄도 알아야하고. 생각해봐라. 우리가 밤무대에 설 때에는 여기 방송국처럼 대신 메이크업해 줄 사람이 없잖아."

"하~ 아까 세리 박 아저씨가 하는 것 잘 봐둘걸. 창피해서 눈감고 있었어."

"앞으로 여러 번 만날 테니 그때 잘 봐두면 돼."

송염과 희진이 이런저런 대화를 나누고 있을 때 한 발 앞에서 걷고 있던 마동식이 갑자기 멈춰 섰다.

"왜 그래? 무슨 일이야. 부딪칠 뻔했잖아."

"저기⋯⋯."

마동식이 앞을 가리켰다.

방송국 앞 광장에 검은 양복을 입은 세 사람이 서 있었다.

"저 사람들은?"

그들도 송염 일행을 발견했는지 이쪽으로 다가왔다.

한 명은 멀쩡했지만 한 명은 팔에 깁스를, 또 한 명은 가슴에 붕대를 감고 있었다. 바로 어젯밤의 깡패들이었다.

"저 사람들이 왜 우릴 기다린 거지?"

희진이 어젯밤의 악몽이 떠올랐는지 뒤로 주춤주춤 물러났다.

마동식도 완벽한 파이팅 자세를 잡았고 송염은 방송국을 지키는 청원경찰의 위치를 확인하고 버프를 사용할 준비를 했다.

그런데 깡패들이 예상치도 못한 놀라운 행동을 했다.

바로 마동식 앞에 넙죽 엎드린 것이다.

'이 사람들을 만나면 한 번도 예상대로 되는 적이 없어.'

그뿐이 아니었다.

세 깡패는 입을 모아 소리쳤다.

"저희를 거두어 주십시오!"

"⋯⋯."

"……."

"……."

개가 풀 뜯어먹는 소리란 우스갯소리가 있다. 그만큼 이뤄지기 힘은 일이란 뜻이다.

송염은 깡패들이 말 그대로 개가 풀 뜯어먹는 소리를 하고 있다고 생각했다.

조덕구가 소리쳤다.

"저희 삼 형제가 죽을죄를 졌습니다! 무조건 잘못했습니다. 제발 저희를 거둬주십시오."

"전 김태호 둘째입니다. 제가 워낙 성격이 개입니다. 왈 왈왈! 정말 잘못했습니다. 저희에게 그 기술을 가르쳐주십시오."

"전 김민호 셋째입니다."

어젯밤과 마찬가지로 김민호는 말이 없었다.

방송국 앞이라 사람이 많았다.

시커먼 청년 세 명이 고개를 숙이고 거둬달라고 소리를 지르자 사람들이 모여들었다.

모여든 사람들은 희진의 외모에 놀라고 마동식의 덩치에 놀라고 이젠 아예 머리를 단단한 화강암 바닥에 박는 세 남자에 놀랐다.

쿵!

쿵!

쿵!

"오빠."

희진이 다가와 송염의 팔을 잡았다.

"뭔가 사정이 있나봐. 들어보면 안 될까?"

"그래봤자 깡패야. 알려줄 수 있는 기술도 아니고."

"그래도 불쌍하잖아."

"어젯밤 일 벌써 잊었어? 너 기절할 뻔했잖아."

송염은 희진의 말을 들어줄 수 없었다. 저들은 일단 깡패였고 송염의 입장에서 깡패는 쓰레기 그 이상 그 이하도 아니었다.

그런데 마동식은 송염과 생각이 달랐다.

"염아, 일단 사정을 들어보면 안 될까? 남자가 머리를 조아리는 건 태생이 비굴하거나 정말 절박하거나 둘 중 하나잖아. 저 사람들이 비굴한 사람 같지는 않아 보인다."

"그래도……"

세 깡패는 귀도 밝았다.

그들은 송염과 마동식과 희진의 대화에서 마 도사 마동식이 아닌 송염이 실질적인 리더란 사실을 알아차렸다.

세 깡패는 동작도 빨랐다.

그들은 재빠르게 무릎으로 기어 움직여 송염 앞으로 왔다.

쿵!

쿵!

쿵!

조덕구가 소리쳤다.

"제발 저희를 거둬주십시오."

김태호가 소리쳤다.

"제가 갭니다. 멍! 멍! 멍!"

김민호가 말꼬리를 흐렸다.

"거둬……"

사람들은 더 모여들었고 그 모습을 본 청원경찰들이 다가 왔다.

송염은 깡패들을 청원경찰에게 넘기고 자리를 뜨려 했다. 하지만 결국 그러지 못했다.

"오빠~ 제발. 저 사람들 이마에 피나."

희진의 그 말 때문이었다.

결국 송염은 희진에게 지고 말았다.

"일어나세요. 조용한 곳에 가서 이야기하죠."

말이 끝나기가 무섭게 세 깡패가 일어났다.

성이 다르니 아마도 의형제일 세 사람은 전혀 다른 성격대 로 감사를 표했다.

조덕구가 정중하게 고개를 숙였다.

"감사합니다."

김태호는 속사포처럼 스스로를 질책했다.

"감사합니다. 귀인도 몰라본 제가 눈뜬장님이었습니다."

김민호는 말없이 고개만 꾸벅였다.

Chapter 13
제자

근처 커피전문에 잡은 송염은 일단 타는 속을 달래려 음료를 주문하려 했다.

하지만 송염이 움직이기도 전에 세 깡패가 행동을 개시했다.

"제가 하겠습니다. 무엇으로 드시겠습니까, 사부님?"

"더우신 것 같은데 이쪽 자리가 시원합니다. 에어컨 바람이 직방입니다 직방."

"……"

여기서 거부하면 다시 시끄러워진다.

송엽은 김태호가 가리키는 자리에 앉았다.

"두 사람도 앉아."

"그래."

"응."

세 사람이 자리를 잡자 조덕구가 다시 물었다.

"무엇으로 드시겠습니까, 사부님?"

"사부님은 빼고요. 아무거나 시원한 거요."

"곰 사부님은 뭘로 드시겠습니까?

"제 이름은 마동식입니다. 전 차 종류면 좋겠습니다."

조덕구의 과도한 굽신거림이 어색했는지 희진은 질문을 받기 전에 먼저 주문을 했다.

"전 과일 쥬스가 좋아요. 종류는 아무 거나요."

"네, 아가씨 주문 접수했습니다. 둘째야, 얼른 다녀와라."

"알겠습니다. 형님."

이후 그들 사이엔 주문한 음료가 나올 때까지 어색한 침묵이 흘렀다.

드디어 음료가 나오자 송엽은 타는 속을 김태호가 주문해 온 슬러시 한 모금으로 달래며 말했다.

"우린 알려줄 기술 따윈 없어요."

조덕구가 뜻밖의 대답을 했다.

"저도 그렇게 생각합니다. 설령 그런 기술이 있다고 해도 저희 같은 쓰레기들에게 알려주실 이유가 없죠."

"그런데 왜 이러시는 겁니까? 어젯밤에 그런 행동을 하신 분들치고 오늘 이 상황을 이해하기 힘들군요."

송염의 말이 끝나기가 무섭게 김태호가 벌떡 일어났다.

그는 테이블 옆으로 가더니 무릎을 꿇고 머리를 바닥에 부딪치며 울먹였다.

"모두 제 탓입니다. 형님과 동생은 죄가 없습니다. 제가 개라서 그렇습니다. 그것도 똥개 말입니다. 흑흑흑."

또다시 가게 안 손님들의 시선이 일행에게로 쏠렸다.

"알았으니 일어나세요. 이유나 들어보자고요."

"정말 잘못했습니다. 앞으로 손을 묶고 다니시라면 묶고 다니겠습니다. 제발 한 번만 용서해 주십시오."

보고 있던 조덕구가 나섰다. 그는 김태호를 조용히 시킨 다음 김민호를 가리키며 말했다.

"저희가 여러분을 찾아온 이유는 저놈 때문입니다. 저놈 민호는 지금까지 안 해본 무술이 없을 정도로 무술광입니다. 그런데 저놈이 말하길 어젯밤 마 사부님, 아니 여기 마동식님한테 당한 기술을 자기가 알고 있다더군요. 거기까지는 이해하겠는데 그 기술을 알고 있는 사람은 무조건 자기 스승이라고 우기는 겁니다."

"……."

송염은 순간 마동식의 눈빛이 떨리는 것을 보았다.

"저희가 사회의 쓰레기이긴 하지만 그래도 의리 하나는 있다고 자부합니다. 저 꼴을 하고 병원을 박차고 나오는 것을 겨우 붙잡아놓으니 이젠 의절하겠다고 하더군요. 저야 피를 나누지 않았으니 그렇다고 하지만 태호 이놈은 민호 친형입니다."

"……."

"여러분의 눈에는 저희가 사회의 쓰레기로 보이실 테고 사실 그렇습니다. 하지만 저희 나름대로 그 생활을 청산하려고 방법을 찾는 중이었습니다. 여러분의 퍼포먼스를 보고 이거다 싶었죠."

이야기를 듣고 있는 희진이 안타까운지 끼어들었다.

"그럼 정중하게 부탁을 하셨어야죠."

"그러게 말입니다. 그런데 배운 게 도둑질이라고……. 면목이 없습니다."

조덕구가 정중하게 다시 고개를 숙였다.

"그러고 보니 오늘은 사투리를 안 쓰시네요. 전라도 충청도 경상도가 섞인 엉망진창 사투리."

"저희 셋 다 서울이 고향입니다. 먹고살려다 보니 아무래도 사투리가 강해 보여서 주워들은 대로 지껄이다 보니……."

"세상에……. 말도 안 되요."

"저희도 압니다. 그런데 이 모양 이 꼴이네요."

왠지 그렇게 말하는 조덕구의 얼굴에서 쓸쓸함이 느껴졌다. 조덕구의 나이는 겨우 송염보다 두세 살 많은 정도로 보였다. 김태호와 김민호는 자신보다도 꽤 어리다.

이제 사정을 들었으니 이해해 주고 싶었다. 하지만 어디까지나 거기까지였다.

이해를 벗어나 저들을 받아들인다는 것은 어불성설이었다.

우선 버퍼를 가르칠 수 없는 이상 저들의 스승이 될 수도 없었고, 솔직히 아직도 송염은 저 삼형제가 맘에 들지 않았다.

그때 잠자코 있던 마동식이 입을 열었다.

"민호 씨."

"네, 말씀하십시오."

"당신은 그 기술을 어떻게 알게 됐습니까?"

"들으셨다시피……."

말수가 없는 김민호였다. 그는 한참을 생각을 정리하더니 쏟아놓듯 사연을 털어놓았다.

"전 어렸을 때부터 무술을 좋아했습니다. 특히 중국 무술에 심취했었죠. 그래서 기본으로 태권도를 배운 후 본격적으로 중국무술을 연마하기 시작했습니다. 그때 배운 무술이 절권도, 소림권, 당랑권, 팔극권, 형의권, 팔괘장 등이었습니다. 어느 정도 무술의 기술을 습득하자 전 산으로 들어갔습니다. 어린 시절이었죠. 그래서 제 머릿속에는 무술은 심산유곡에서 배워야 한다는 그런 강박관념 같은 것이 있었습니다."

잠깐 말을 끊은 김민호가 자기 몫으로 시킨 아이스 그린티, 즉 녹차를 마셨다.

마동식은 그런 김민호를 유심히 살피고 있었다.

목을 축인 김민호가 다시 이야기를 시작했다.

"제가 선택한 산은 오대산이었습니다. 얻어들은 지식으로 오대산이 예로부터 삼신산(三神山)인 금강산, 지리산, 한라산과 더불어 국내 제일의 성(聖)산이라고 들었기 때문입니다. 성산인 이유는 오대산이 문수신앙의 본산이기 때문이라고 하더군요."

대화에 낄 수 없었던 송염은 얼른 스마트폰을 꺼내 오대산을 검색해 보았다.

검색 결과를 읽어본 송염이 내린 결과는 간단했다.

'생각보다 대단한 산이네.'

오대산은 그 산세의 아름다움으로 유명한 산이 아니었다. 신라 선덕여왕 때의 자장율사(慈裝律師) 이래로 1,360여 년 동안 문수보살이 1만의 권속을 거느리고 설법하는 장소였고 오대(동대, 서대, 남대, 북대, 중대)에는 각각 1만의 보살이 상주하고 있어 문수신앙의 본산이기도 했다.

'문수보살? 문수신앙?'

송염은 다시 검색을 시작했다.

하지만 검색 결과를 읽을 필요는 없었다.

문수신앙에 대한 이야기는 놀랍게도 마동식의 입에서 흘러나왔다.

"옳은 선택이다. 문수는 문수사리(文殊師利) 혹은 문수시리(文殊尸利)의 준말이다. 산스크리트어로는 만주슈리(Ma-Jushri)라고 하지. 여기서 '만주'는 달다(甘), 묘하다, 훌륭하다는 뜻이고, '슈리'는 복과 덕이 넘친다는 의미다. 문수보살은 일반적으로 연화대에 앉아 오른손에는 지혜의 칼을, 왼손에는 푸른 연꽃을 들고 있다. 때때로 위엄과 용맹을 상징하는 사자를 타고 있으며, 경전을 들고 있기도 하다. 문수보살이 타는 사자는 짐승 중에 가장 지혜롭다. 오대산의 중대를 사자암이라고 부르는 것도 이에서 연유된 때문이다. 또한 '지혜의 말씀'인 석가모니 부처님의 법음(法音)이나 선종 조사들의 법문을 사자후(獅子吼)라고 하는 이유도 여기 있다."

담담히 읊조리듯 마동식의 설명이 끝났다. 그 소리는 그렇게 들어서인지 마치 스님의 불경 외는 소리처럼 들렸다.

정말 확실히 흥미로운 이야기다. 그리고 그 이야기가 전혀 상관없을 것 같은 마동식의 입에서 흘러나온 점이 더 송염을 놀라게 했다.

송염은 얼른 검색 결과를 확인했다.

"정작 문수보살은 뭐야?"

정말 대단한 양반(?)이었다.

문수보살은 무려 송염도 잘 아는 석가모니를 포함한 모든 부처님의 어머니이며 모든 보살의 스승이었다.

'이런 대단한 양반을 내가 왜 미처 몰랐지?'

검색 결과를 읽어 보니 그럴 수밖에 없다 싶었다.

우선 문수보살은 미륵이나 관음보살과 달리 인간이 가장 원하는 기복(祈福) 신앙의 측면이 거의 없었다.

빌어도 복을 주지 않으니 사람들이 믿을 필요를 찾지 못한 것이다.

대신 문수보살은 오른손에 들었다는 지혜의 칼이 대변하듯이 지혜의 상징이었다.

즉 진리를 탐구하는 구도자의 믿음의 대상이지 일반 대중을 상대로 한 믿음의 대상은 아니었다는 이야기다.

김계숙에게 영향을 받았는지 송염이 어울리지 않게 지식을 탐구하고 있을 때 김민호의 이야기는 결론을 향해 가고 있었다.

"너무 통속적이고 뻔한 이야기라 믿으실지 모르겠지만, 비로봉 옆 어느 골짜기에서 수련을 하고 있는 저를 지켜보시던 한 노승이 계셨습니다. 솔직히 그분이 스님이신지는 아직도 확신할 수 없습니다. 어쨌든 그분은 저에게 왜 춤을 추냐고 물으셨습니다. 전 춤이 아니라 무술이라고 대답했습니다."

마동식이 당연하다는 듯 고개를 끄덕였다.

"지당하다. 중국의 무술은 형(形)과 식(式)에 치우쳐 본질을 잃어버린 지 오래다."

"그 스님도 똑같이 말씀하셨습니다. 어린 치기에 전 반발했습니다. 그런 모습에 흥이 겨우셨는지 스님은 저에게 딱 한 수를 보여주셨습니다. 형식에 얽매이지 않는다는 말씀대로 이름조차 없는 그 기술에 전 꼼짝도 하지 못하고 땅에 처박혔습니다. 전 스님께 스승으로 모시고 싶다고 부탁했습니다. 스님은 그런 저를 보며 웃으며 자신은 곁다리에 퇴물이며 겨우 한 수를 연이 닿아 배웠을 뿐이라고 말씀하셨습니다. 그리고 제가 연이 있다면 언젠가 진정한 스승을 만날 것이라고도 하셨습니다."

그리고 어젯밤 마동식이 그 기술을 보여준 것이다.

김민호가 고개를 숙였다.

"제 일생의 소원입니다. 연이 닿았습니다. 저를 제자로 삼아주십시오."

마동식은 대답하지 않았다.

대신 송엽을 바라보았다.

송엽은 마동식이 자신에게 허락을 구하고 있음을 느꼈다.

송엽은 버퍼다.

기본적으로 버퍼는 공격 성향이 아니라 보조 성향을 가지고 있다.

이번 퍼포먼스까지 이르는 과정의 삽질에서도 보듯이 실제로 움직여 줄 사람이 없으면 송엽의 버프는 무용지물이다.

그래서 자신의 버프를 받아주는 마동식은 오히려 송엽이 감사해야 할 대상이다.

게다가 이제 마동식이 방송국에서 장난처럼 말했던 이름 모를 고무술의 전인임이 밝혀지기까지 했다.

스스로도 충분한 능력이 있는 셈이다.

듣자 하니 그 고무술은 엄청난 위력을 가지고 있다. 그러니 하다못해 도장만 하나 차려도 일파의 종사가 될 수 있다.

곧 그것은 다시 말해 송엽이 필요없다는 의미다.

무식한 송엽이지만 무협지 몇 권 읽은 상식에 비춰봤을 때 저쪽 계통(?)은 연에 무척 민감하다.

그런데도 마동식은 송엽에게 허락을 구하고 있다.

송엽은 진심으로 마동식의 그런 마음 씀씀이가 고마웠다.

송엽은 세 깡패에게 자리를 비켜줄 것을 요청했다.

"의논 좀 해야겠습니다. 잠시 자리 좀 비켜주세요."

"부디 좋은 결론이 나길 바랍니다. 아니면 저놈 죽습니다."

부탁인지 협박인지 모를 말을 남기고 조덕구를 선두로 깡패들이 밖으로 나갔다.

그들의 모습이 보이지 않자 송염은 물었다.

"우선 묻자. 너 뭐시기냐. 그 고무술의 전인쯤 되는 거냐?"

"그래. 하지만 나도 겨우 걸음마를 뗀 정도에 불과하다."

마동식은 순순히 인정했다.

송염은 희진에게도 물었다.

"그럼 희진이는? 너도냐?"

그런데 희진은 송염보다도 더 놀란 표정이었다.

"아냐. 나도 오늘 처음 들어. 오빠 무슨 무술 배웠어?"

"그렇게 됐다."

"나 어렸을 때 몇 년이 사라진 이유가 무술 배우러 간 거였구나."

"그래 맞아. 나도 어떻게 연이 닿아 스승을 모시게 되었다."

마동식의 설명은 그리 길지 않았다.

마동식은 곯은 배를 채울 것을 찾기 위해 회령에서 가까운 백두산으로 향했다.

그리고 그곳에서 동굴을 발견했고 동굴에서 살고 있는 할아버지 한 분을 만났다.

할아버지는 굶주려 쓰러지기 일보 직전의 마동식을 인연으로 받아들이셨고 먹이고 가르치셨다.

"대단한 할아버지네. 북한에서 그렇게 혼자 살 수 있다니."

"지금 생각해 보면 오히려 혼자여서 잘 살 수 있지 않았을까도 싶다."

마동식은 할아버지 밑에서 꼬박 4년 동안 무술을 배웠다.

"백두산 중턱에서 혼자 수련을 마치고 돌아올 때였다. 우리가 살고 있던 동굴이 보이는 높은 구릉에 오르자 스승님의 모습이 보였다. 스승님은 총에 맞아 피를 흘리고 있었다. 그러면서도 손을 휘휘 젓고 계셨다. 나보고 도망가란 뜻이었다. 더 멀리서 인민군인지 경비대인지 모를 군인들의 모습이 보였다. 난 뒤도 돌아보지 않고 도망쳤다. 피를 흘리는 스승님을 버려두고 말이다."

제자를 위해 총을 맞고도 도망치라 손짓하는 스승 그리고 그 뒤에서 쫓아오는 인민군, 눈물을 흘리며 도망치는 제자.

영화의 한 장면 같았다.

하지만 언제나 현실은 슬픈 영화보다도 더 슬프고, 공포영화보다 더 공포스럽고, 그 어떤 전쟁영화보다도 몇 배나 지독히 악랄한 법이다.

"집으로 돌아온 난 이미 굶어 돌아가신 부모님과 덩그러니 남겨져 피골이 상접해 있던 순실이를 발견했다. 난 순실이를 데리고 나진으로 향했다. 나진 선봉은 중국인들이 투자를 해서 그래도 빌어먹을 수 있다고 들어서였다. 그곳에서 나와 순실이는 짐승 이하의 생활을 했다. 그리고 그날이 왔다."

마동식이 희진을 바라보았다.

희진이 고개를 숙였다 들었다.

"나 이제 괜찮아. 오빠."

"그래, 그러면 됐다."

마동식은 희진의 손을 살짝 만져준 다음 다시 이야기를 시작했다.

"어느 날 희진이가 보안원에게 잡혀 갔다. 그곳에서 희진이는 말로 표현 못할 갖은 고초를 다 겪었다. 그곳에서… 그곳에서… 희진이는 고깃덩어리였다. 보안원은 희진이를 풀어주려 하지 않았다. 그대론 죽을 것이 분명했다. 난 죽음을 각오하고 보안소를 쳐들어갔고 운 좋게 희진이를 구해냈다. 그리고 그날로 압록강을 건넜다. 스승의 말을 기억했거든. 문수의 본가는 오대산이라고 말이다. 그 다음부터는 너도 아는 이야기다."

가슴이 먹먹해졌다.

저 아래 낮은 곳에서 불덩어리가 치밀어 올랐다.

마동식과 희진의 딱딱하고 거친 손을 잡고 울고 싶었다.

하지만 그럴 수 없었다.

그런 감정은 사치였다.

지금은 그 어떤 위로도, 사과도, 말도 저 남매의 가슴에 새겨진 크고 깊게 패인 상처를 어루만져 줄 수 없기 때문이었다.

지금 남매에게 필요한 것은 그저 옆에 서서 따듯하지만 무심한 눈빛으로 시간이 상처를 치유해 줄 때까지 서 있어 줄 누군가였다.

송염은 자신이 이 두 사람에게 그 누군가가 되기로 맹세했다.

분위기를 돌릴 필요가 있었다.

침묵과 어둠은 두 사람에게도 앞으로 긴 시간을 함께해야 할 자신에게도 좋지 않았다.

송염은 조심스럽게 다시 물었다.

"그 무술 이름이 뭐냐?"

마동식은 별일 아니라는 듯 쉽게 대답했다.

"없어."

"없다고?"

"맞아. 형과 식이 없으니 무술의 이름도 없고 기술의 명칭도 없어."

"와~ 대단하달까. 무식하달까."

"후후, 그래서 난 좋았지, 멍청한 나도 배울 수 있었으니까."

이쯤 되자 작은 기대가 생겼다. 송염은 마동식의 친구다. 소위 말하는 베프가 바로 자신이다.

그러니 친구 덕에 강남 간다고 자신도 무술을 배울 수도 있지 않을까 하는 당연한 기대다.

"나도 가르쳐줘."

이번 대답도 간단했다.

"안 돼."

"……."

실망이다.

마동식이 그 이유를 설명해주었다.

"이 무술을 배우기 위해서는 몸에 기가 흘러야 해. 물론 인간은 누구나 몸에 기가 흘러. 사람을 가리지 않은 게 이 무술의 또 하나의 장점이지."

"그러니까 왜 난 안 된다는 거냐고!"

"너도 예전엔 다른 인간과 똑같은 기가 흘렀어. 그런데 이상한 능력을 가지고 난 후부터 기가 사라지고 지금은 전혀 다른 이질적인 기운이 흐르고 있다."

이유는 하나 오직 팔찌 때문이다.

송염은 단숨에 팔찌를 풀었다.

그리고 물었다.

"이젠?"

쓸데없는 버프보다 멋진 무술이 더 좋았다.

그리고 무술을 사용하지 않을 때는 팔찌를 다시 차면 된다는 약간은 약삭빠른 생각도 있었다.

마동식이 고개를 흔들었다.

"변화가 없다."

실망하긴 일렀다. 기가 변하려면 시간이 필요할지 몰랐다.

그래서 10분을 기다렸다.

하지만 돌아온 대답은 같았다.

"전혀 변화가 없다. 아마도 그 팔찌가 네 능력의 원천인 것 같은데 이미 네 체질은 변한 것 같다."

"……."

빌어먹을…….

빌어먹을…….

송염은 아버지를 원망했다.

'이 빌어먹을 아버지야. 인생에 도움이 안 돼, 도움이.'

그래도 송염의 장점 중 하나가 포기가 빠르다는 점이다. 송염은 깨끗이 미련을 버리고 미래에 집중했다.

"이제 저 사람들을 어떻게 하느냐야."

"난 염이 네 의견에 따를 거야."

"연이 중요하니 내치라고는 말 못하겠어. 하지만 저 사람들은 깡패였어. 북한의 보안원 같은 사람들이었다고. 그래서 말인데 네 제자로 받아들이기 전에 시험 기간을 두자."

"어떻게?"

"오대산으로 보내 기초 체력 단련을 시키는 거지. 모든 무술의 기본은 체력이니까."

"좋아. 그렇게 하자. 그리고 염아."

"뭐?"

"고맙다."

"징그러 임마."

서로 합의를 내린 이후 송염은 세 사람을 불러 앉히고 물었다.

"제자가 되기 위해 뭐든지 할 수 있습니까?"

조덕구가 대답했다.

"있습니다."

김태호도 길게 대답했다.

"당연합니다. 진심입니다. 믿어주십시오."

김민호의 대답은 역시 짧았다.

"네."

다짐을 받았으니 이제 문제를 낼 차례다.

송염은 스마트 폰을 꺼내 오대산을 검색한 다음 지도를 확대했다.

그리고 비로봉 옆 어느 장소에 점을 찍었다.

"스마트폰 있는 사람?"

세 명 다 있었다.

송염은 그들의 번호를 자신의 스마트 폰에 입력하고 지도의 좌표를 김민호의 스마트폰으로 공유했다.

"이곳에서 무술을 배우기 위한 체력을 단련하고 계세요."

"어떤 단련을 해야 합니까?"

"방법은 김민호 씨가 잘 알 테니 김민호 씨가 정하는 대로 따르세요."

"기간은?"

"몰라요. 하지만 약속하죠. 저희가 갈 겁니다. 그리고 만족할 만한 결과가 있으면 정식으로 제자로 삼을 거예요."

기약없는 기다림의 선언.

세 사람이 침묵했다.

"……."

"……."

"……."

견디든, 못 견디든 공은 이제 세 사람에게 갔다. 이제 결정은 세 사람의 몫이다.

잠시 서로를 바라보던 세 사람이 결론을 내렸다.

"하겠습니다."

"합니다. 하고말고요. 죽어도 합니다. 사람이 한 번 죽지두 번 죽습니까?"

"감사합니다."

이쯤 되자 송엽의 장난기가 발동했다.

마동식의 후광이 아닌 자신의 힘으로 저들의 리더가 되고 싶다는 생각도 들었다.

"담배 피우시는 분."

김민호를 제외한 두 사람이 손을 들었다.

"라이터 있으세요?"

둘 다 있었다.

"저쪽 끝으로 가서 라이터를 켜세요."

송엽은 커피 전문점 입구를 가리켰다. 일행이 앉은 자리에서 대충 10미터쯤 떨어진 위치다.

천생 동생인 김태호가 지정한 위치로 가 라이터를 켰다.

준비가 끝나자 송엽은 자리에서 일어나 멋진 자세로 손을 내밀고 말했다.

"잘 봐요."

일행의 시선이 송염의 손과 김태호가 들고 있는 라이터의 불에 쏠렸다.

'윈드 볼!'

예의 무언가 빠져나가는 기분이 들고 잠시 후!

라이터의 불이 꺼졌다.

동시에 김태호가 뒤로 한 발 물러났고 그의 머리가 바람에 휘날렸다.

그 장면을 목격한 모든 사람이 입을 모아 소리쳤다.

"장풍이다!"

그래, 이기분이다.

송염은 웃었다. 그 웃음소리는 맑고 청명했다.

"하하하하하하."

무려 장풍을 배울 수 있을지도 모른다는 상상은 세 사람을 엄청나게 고무시켰다.

그들은 연신 인사를 해대며 커피전문점을 떠났다.

"지금 당장 짐정리해서 떠나겠습니다. 찍어주신 이 위치에 자리 잡고 피를 토하는 심정으로 정진 또 정진하겠습니다."

왠지 무협지 느낌도 들고 좋았다.

'이럴 때 사부는 어떻게 말할까?'

궁리하던 송염은 시크함을 선택하여 무심하듯 말했다.

"그러든지요."

세 사람이 떠나자 마동식이 물었다.

"방금 그것도 능력이냐?"

"그래, 얼마 전 발견했어."

"배운 게 아니고 발견?"

"맞아. 발견이야. 하지만 신기하긴 한데 쓸모가 없어."

"그것만 해도 어디야. 그리고 발견했으면 또 남은 것이 있을지도 모른다는 뜻이잖아. 그 팔찌 정말 신기하네."

마동식도 희진도 더 이상 팔찌 이야기를 꺼내지 않았다.

일전 약속했던 때가 되면 송염이 이야기하겠다던 약속을 기억해준 것이다.

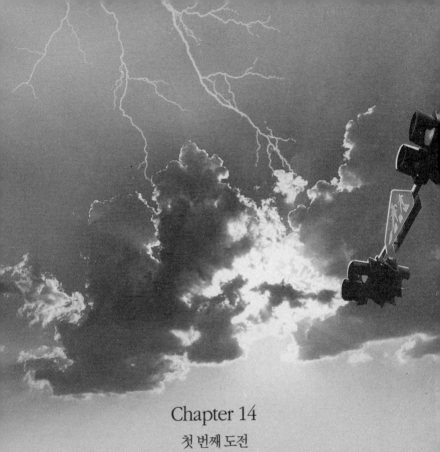

Chapter 14
첫 번째 도전

화요일 스타퀸 녹화는 전례 없는 환호와 열광 속에서 치러
졌다.
　그리고 그 주 일요일 저녁 세 사람은 스타퀸 본방을 보기
위해 송염의 집에 모였다.
　"오빠 나 떨려."
　희진이 삼겹살을 구우며 말했다. 오늘을 위해 삼인은 여섯
근의 삼겹살을 준비했다.
　"어떻게 나올까?"
　여자답게 그녀의 주된 관심은 자신의 외모가 어떻게 텔레

비전에 나오느냐에 있었다.

"당연히 예쁘게 나오지. 빨리 구어라. 고기 없다."

핏기만 빠진 삼겹살을 세 점씩 입으로 가져가며 마동식이 대꾸했다.

먹을 것 앞에서는 한없이 시크해지는 오빠다.

송염도 다른 의미에서 긴장하고 있었다.

이번 녹화의 주인공은 마동식이었다.

이는 송염의 주장을 김계숙 작가가 받아들인 결과였다.

10승을 하기 위해선 치밀한 작전이 필요했다.

우선 첫 방송에서 송염은 희진의 얼굴을 눈 빼고 전부 망사로 가릴 것을 주문했다.

"첫 방송은 마 도사가 엉망진창으로 얻어맞는 것을 보여주는 것만으로도 충분합니다."

"동의해요. 방송을 아내요."

"대신 인상을 강하게 하기 위해 마 도사가 검무를 출 겁니다."

"무술을 배운 적이 없다면서요."

"그냥 넘어가죠."

"호호, 보고 결정할게요."

마동식의 검무를 본 김계숙은 열광했다.

"바로 이거예요! 세상에 남자의 움직임이 이렇게 멋질 수도 있군요."

"1회 반응을 보고 다음 회 시범 내용을 결정하죠. 단 우승하면 예고편에 희진이 망사가 샤르르 날아가는 모습을!"

"피디 해볼 생각없어요?"

"크크크크."

"호호호호."

이번 회는 달리 뛰어난 상대가 없어 김계숙은 마 도사팀의 우승을 확신하고 있었다.

드디어 기다리고 기다리던 7시가 되고 방송이 시작되었다.

스타퀸 MC 강호돈은 특이하게도 레슬링 국가대표 선수 출신이다.

그는 자신 특유의 에너지 넘치는 목소리로 오프닝 멘트를 하는 것으로 유명하다.

―전국의 시청자 여러분! 여러분이 기대하시던 바로 순간! 스타의 탄생. 스타 중의 스타, 스타퀸~!

첫 번째 출전자는 전주 우승자로 미국에서 온 장님 피아니스트였다.

평소라면 상당한 평가를 받을 수 있는 재능이었지만 그 피아니스트에게는 두 가지 치명적인 약점이 있었다.

우선 그는 남자였다.

그리고 엎친 데 덮친 격으로 못생기기까지 했다.

물론 이것은 분명한 편견이다.

하지만 이런 편견이 분명 존재한다는 것도 엄연한 사실이다. 게다가 한 번은 몰라도 두 번째 주다 보니 신선함도 떨어졌다.

약점은 점수로 나타났고 그가 받은 점수는 전주의 점수 86점에 비해 대폭 하락한 75점이었다.

두 번째 출전자는 여섯 살, 일곱 살 남매였다. 이 아이들은 진한 화장을 하고 방방 뛰며 신나는 음악에 맞춰 에어로빅을 했다.

사람들은 그 모습에서 귀여움이 아니라 위화감을 느꼈다.

또한 그 또래 아이들 단체로 나와 에어로빅과 힙합댄스 등을 추는 장면은 이미 너무 식상한 아이템이기도 했다.

그리고 그 위화감 역시 점수로 나타났다. 에어로빅 신동들이 받은 점수는 60점이었다.

세 번째, 네 번째 출전자도 그리 좋은 점수를 받지 못했다.

당연히 전체적으로 방송은 산만해지고 늘어졌고 언제나 활기 넘치는 MC 강호돈도 분위기를 띄우기 위해 오버하는 모습이 역력했다.

드디어 다섯 번째이자 마지막 차례인 마 도사 팀의 순간이 왔다.

"나온다. 나와."

"어머, 나 몰라. 못 보겠어."

—이제 오늘의 하이라이트. 여러분의 눈을 의심케 할 엄청난 이들이 온다. 상상도 하지 못했던 곳에서 온 눈을 의심할 공포체험. 인간의 한계는 어디인가. 이제 시작합니다.

강호돈의 멘트가 끝나고 소개 영상이 시작되었다.

먼저 하얀 종이 위에 붓이 춤을 췄다. 붓은 날듯이 움직이며 산 하나를 그렸고 그 옆에 궁서체로 백두산이 쓰여졌다.

붓은 계속 움직여서 백두산 자락에서 수련하는 남녀 아이들을 그렸다.

아이들은 조금씩 성장해서 성인이 되었고 곧 쫓아오는 검은 사람들을 피해 강을 건넜다.

그리고 영상 전체에 수백 그루의 무궁화가 피어났다.

"와~ 정말 멋져."

"순 거짓말."

"진정해, 진정해. 다 쇼야."

영상이 끝나자 영상을 본 소감을 패널로 나온 연예인들이 이야기한 다음 강호돈이 소리쳤다.

—우리 땅임에도 갈 수 없는 그곳. 가장 가까우면서도 먼 그곳에서 사선을 넘어 죽음을 넘어 희망을 찾아왔다. 백두의 정기를 온몸에 담고 천지의 물을 마시며 성장한 은둔의 일족. 문수파 1,400년 역사의 전인. 마~ 동~ 식~!

희진이 툴툴거렸다.

"문수파, 이름이 이상해."

마동식이 대꾸했다.

"멋진데 왜? 사실이잖아. 내 스승님은 자신이 오대산 출신 이라고 하셨다."

송염도 끼어들었다.

"넘어가, 넘어가. 이제 우리 나온다."

세 사람은 텔레비전에 달라붙어 자신의 얼굴이 어떻게 나오는지 보기 시작했다.

방송은 예상대로 흘러갔다.

1,400년 역사의 신비의 문파. 그리고 그 유일한 전인인 마동식, 동생이자 사제인 마희진의 등장.

두 사람이 북한 태생이란 사실이 밝혀질 때 놀라는 패널의 얼굴.

마동식의 입에서 흘러나오는 백두산 속 동굴 속 생활.

인민군에 의한 스승의 죽음.

탈출.

대한민국에 이르는 길.

그리고 만난 인연으로 사문의 일원이 된 송염.

당연히 이야기 속에 희진의 아픔에 관한 이야기는 없었다.

감동과 환희의 시간이었다.

이 이야기만으로도 패널과 시청자들은 문수파를 우승시킬 준비가 끝난 것처럼 보였다.

이윽고 드디어 시범이 시작되었다.

패널이 방청객이 무작위로 뽑혀 나와 마동식의 다리를, 허리를, 머리를 내려쳤다.

가장 패널들이 놀란 장면은 마지막 순간 강호돈이 직접 쇠파이프로 테이블 위에 댄 마동식의 손등을 내려치는 장면이었다.

쉴 새 없이 화면 아래 절대로 따라하지 말라는 경고문구가 흘러갈 만큼 시범은 엽기적이기까지 했다.

그런데 최고의 반응은 의외의 곳에서 나왔다.

한 여성 패널이 대화 중 북한 노래를 거론했다.

그러자 노련한 MC 강호돈이 그 말을 받아 희진에게 노래를 청했다.

"저때 정말 창피해서 죽는 줄 알았어. 오빠 주머니에라도 숨고 싶더라고."

"잘했으면서 뭘 그래. 가수해도 되겠더라."

"에이~ 설마 그 정도는 아니지."

"아냐. 정말이야. 넌 네 목소리니까 모르지? 아마 방송으로 보고 들으면 다를 거야."

송염의 말대로였다.

희진의 목소리는 그녀의 외모만큼이나 청아했고 맑았다. 그러면서도 꼭 집어 말하기 힘든 처연함이 있었다. 하지만 그 처연함이 궁상맞게 느껴지지도 않았다.

희진이 부른 노래 제목은 '심장 속에 남는 사람' 이었다.

인생의 길에 상봉과 이별 그 얼마나 많으랴~

헤어진대도 헤어진대도 심장 속에 남는 이 있네

아— 그런 사람 나는 못 잊어

오랜 세월을 같이 있어도 기억 속에 없는 이 있고

잠깐 만나도 잠깐 만나도 심장 속에 남는 이 있네
아— 그런 사람 나는 귀중해
아— 심장에 남는 사람 나는 귀중해

노래가 끝나자 스튜디오는 열광의 도가니로 변했다.

"저때 대단했지? 기분이 어땠어?"

"부끄러워 죽는 줄 알았다니까. 얼굴을 가린 망사가 고맙
기까지 하더라고."

"크크크크. 앞으로 익숙해질 거야."

"아~ 몰라."

어쩌면 당연하게 '문수파'는 96이란 고득점으로 우승을
차지했다.

환호와 인사가 끝나고 다음 주 예고가 나왔다.

아주 짧은 마지막 순간 긴장을 고조시키는 멘트와 함께 망
사가 떨어지며 순간적으로 희진의 얼굴이 살짝 드러났다.

송염과 마동석과 희진은 성공의 축배를 들었다.

방송을 봤는지 강철중에게서도 전화가 왔다.

"너희 무슨 짓을 한 거냐? 희진이는 꼴이 그게 뭐고?"

"부럽냐? 부러우면 지는 거다."

"웃겨. 어디냐?"

"집. 둘 다 여기 있어."

"기다려 갈게."

"오케이!"

통화 소리를 듣던 희진이 물었다.

"철중 오빠야? 온데?"

"응? 바꿔줄까?"

"아냐, 조금 있으면 볼 건데 뭐. 그 대신."

희진이 전화기에 대고 소리쳤다.

"맛있는 거 많이 사와."

두 시간 뒤 강철중이 도착했다. 그는 양손에 한가득 치킨이며 족발들을 들고 있었다.

"너희 뉴스 봤어?"

"무슨 뉴스."

"컴퓨터 켜봐. 포탈이 난리다, 난리."

강철중의 말대로 반응은 가히 폭발적이었다.

매를 맞은 마동식의 이야기는 단신으로 처리한 채 희진이 부른 노래와 그녀의 외모에 대한 기사가 수십 개 줄을 지었고 그 기사마다 댓글이 넘쳐났다.

—홍대 여신이잖아.

—드디어 방송출연인가?

—그런데 시범을 마 도사가 하네. 진짜는 선녀님인데 말이 야.

—예쁘긴 진짜 예쁘다.

—그 목소리 들었어? 나 울 뻔했잖아.

—얼굴에서 빛이 나. 목소리는 또 어떻고.

—눈에 빨려들 것 같았어.

—그런데 북한 출신? 남남북녀 맞네.

—얼른 통일이 돼야 저런 여자하고 결혼할 텐데…….

—윗분 정신 차리세요. 그렇게 찌질대서 북한 여자라고 좋아할 거 같아요?

—예고 보니 다음 주에는 완전히 나올 것 같은데 기대된다. 본방사수.

—dhklfjkasd.df.dl 여기에 선녀님 사진 있어요.

—윗놈 죽을래. 여러분 위에 클릭하지 마세요. 광고예요.

네 사람은 세 사람의 성공을 자축했다. 물론 강철중은 영문도 모르고 술을 마셔야 했다.

벌써 송염의 전화통이 불이 나고 있었다. 몇 통 받아보니 대부분 취재를 의뢰하는 기자의 연락이었다.

일일이 거절하기도 귀찮아진 송염은 전화기 전원을 꺼버렸다.

좋은 사람들과 마시는 술이 맛있었다.

술자리는 밤늦게까지 이어졌고 네 사람은 장렬히 전사했다.

다음 날 아침, 세상이 변해 있었다.

『버퍼』 2권에 계속…

FUSION FANTASTIC STORY

홍준성 퓨전 판타지 소설

대한민국 평범한 청년 정우성,
어느날 합숙을 가러 집을 나섰는데,

휘이이잉-

"이, 이게 무슨……?"

눈앞에 펼쳐진 설원.
설원을 지나니 이번엔 밀림이?

보랏빛 행성이 하늘에 떠 있고 나무가 살아 움직인다.

"살아남아 반드시 지구로 돌아가리라!"

**베인의 이계 생존록.
살아남기 위한 그의 처절한 노력이 시작된다.**

Book Publishing CHUNGEORAM

十萬大敵劍

Fantastic Oriental Heroes

십만대적검

오채지
新무협 판타지 소설

개파 이래 한 번도 고수를 배출한 적 없는
오지의 산중문파 제종산문.

무려 십칠 대에 이르러서야 마침내 괴물 같은 녀석이 나타났다!
하지만 그는 세상사에 초연하기만 하고,
속 터진 사부는 천일유수행(千日流水行)을 핑계 삼아
제자를 산문 밖으로 내쫓는데……

『십만대적검』!

바깥세상이 궁금하지 않았던 청년 장개산의
박력 넘치는 강호주유기!

Book Publishing CHUNGEORAM

이문혁 장편 소설
FUSION FANTASTIC STORY

BONG CENTER
PURSUER
퍼슈어

「난전무림기사」, 「마협 소운강」의 작가 이문혁
그가 그려내는 현대물의 신기원!

서울 서초구 고층 빌딩 사이에 존재하는
아는 사람만 아는 미지의 건물 봉 센터.
베일에 쌓인 그곳에 오늘도
정보에 목마른 자들이 왕래한다.

정계의 비밀부터 국가 기밀까지.
혹은 사회를 떠들썩하게 만든 사건의 정보까지!
원하는 모든 것을 찾아주나.
아무나 그곳을 찾을 수는 없다!

그대여, 이런 현대물을 본 적이 있는가!
이 세상의 어둠 속에서 숨 쉬는
또 다른 세상의 이면을 즐겨라!

김중완 장편 소설

FUSION FANTASTIC STORY

Seorin's Sword

서린의 검

2013년 봄과 함께 찾아온 청어람 추천작!
『로드 오브 마스터』, 『신검신화전』의 김중완.
그가 돌아왔다!

번개와 함께 찾아온 검.
그 검과 찾아든 기연은 운명을 개척한다!

그 어떤 누구도 그가 가는 길을 막을 수 없다!
절대 강자 서린의 호쾌한 독보를 기대하라!

"내 앞을 막지 마라! 이것이 나의 검이다!"

우리는 그를 가리켜 검의 주인, 마스터라 부른다!

『서린의 검』

Book Publishing CHUNGEORAM